ローゼンクロイツ

永遠なる王都《アンジェ》

志麻友紀

JN286389

13415

角川ビーンズ文庫

ローゼンクロイツ 永遠なる王都《アンジェ》

アキテーヌ（西の大国）
夫婦
セシル
怪盗ローゼンクロイツにして絶世の美姫。男ながら、異父妹であるファーレン皇女の身代わりとしてオスカーに嫁ぐ。
オスカー
モンフォール公爵。他国から怖れられる、アキテーヌの美貌の名宰相。幼い国王の叔父で、代わりに政務をまとめる。
主従
主従
シュザンナ
セシルの輿入れの際について来た、心優しくしっかり者の侍女。
叔父・甥
ピネ
オスカーの忠実な侍従で、優秀な密偵。生真面目で無口な大男。
主従
婚約者
マルガリーテ
エーベルハイト大公女。ルネの婚約者としてアキテーヌに赴いた、じゃじゃ馬姫。
ルネ
アキテーヌ国王。幼くして父を亡くし、オスカーの尽力で即位。思慮深く温厚。
エーベルハイト
（歴史ある山間の小国）

アルビオン
(辺境の新生王国)

ヴァンダリス
無能な父王に代わり三国統一を成し遂げた、アルビオン皇太子。セシルに横恋慕している。

主従

偽りの主従

ラルセン
アルビオン海軍の提督。ヴァンダリスの忠臣。

アルマン
別名ハロルド・ネヴィル（黒鷺卿）。オスカーのもと親友。王位簒奪の策謀の末アキテーヌから逃亡、ヴァンダリスの側近となる。

ファーレン
(東の大帝国)

マリー
セシルの母。ハノーヴァー侯夫人。ブルジョア出身だが、ファーレン皇帝の公式愛妾に登りつめる。

親子

ファーン
エーベルハイトの、皮肉屋の騎士。マルガリーテの忠実な家臣。

サラヴァント
エーベルハイトの騎士で、ファーンの親友。真面目で堅物。

ローゼンクロイツ

これまでのあらすじ

暗殺された異父妹の身代わりとして、性別を隠しアキテーヌの宰相オスカーに嫁いだ怪盗ローゼンクロイツことセシル。最初はオスカーを暗殺の首謀者として疑っていたセシルだが、共に数々の試練をくぐりぬけるうち、やがて心から結ばれ永遠の愛を誓う。

そんな二人の前にいつも姿を現すのが、オスカーに複雑な執着心を抱く、宿敵アルマンだった。彼はオスカーのもと親友だったが、オスカーを裏切りアルビオンに逃亡。自らの野望の火を燃やし続け、絶えずセシルらに、陰謀の魔の手を伸ばすのだった。

そしてついに、アルマンの最後の陰謀劇が幕をあけた。アキテーヌ王家の血をうけるアルマンの、最終的な野望——それは、アキテーヌの玉座を手に入れること。そのためにまず彼は、ルーシーの大王の暗殺をはかるとともに、ナセルダランのスルタンに進軍をそそのかす。

大軍を率いてファーレンに侵攻してきた若きスルタン・ファルザードを、援軍のオスカーらが迎え撃つ。ファルザードに心揺れつつも、セシルはなんとか戦争を止めようとするが、やがて、このナセルダランの侵攻自体が、アルマンの陰謀劇の布石だったことが明らかになっていく。

アルマンに操られる王子ヴァンダリスとアルビオン軍が、アキテーヌの王都を占領して幼王ルネを人質に。同時にアルマンはファーレンの皇太子とも密約を結び、現皇帝を暗殺させる。同盟を破棄したファーレン軍がアキテーヌ軍の背後をつき、セシルとオスカーは離れ離れになってしまう。

オスカーの生死も分からぬまま、セシルは人質となったルネを救うため王都アンジェに潜入する。そのころアルマンは、アルビオンを我が手で操るため、かりそめの主君ヴァンダリスを陥れることに成功。さらにセシルをも人質として手にいれた。囚われのセシルの身に、アルマンが襲いかかる――。

セシル・オスカー・アルマン……三人の対決の時は迫る――!!

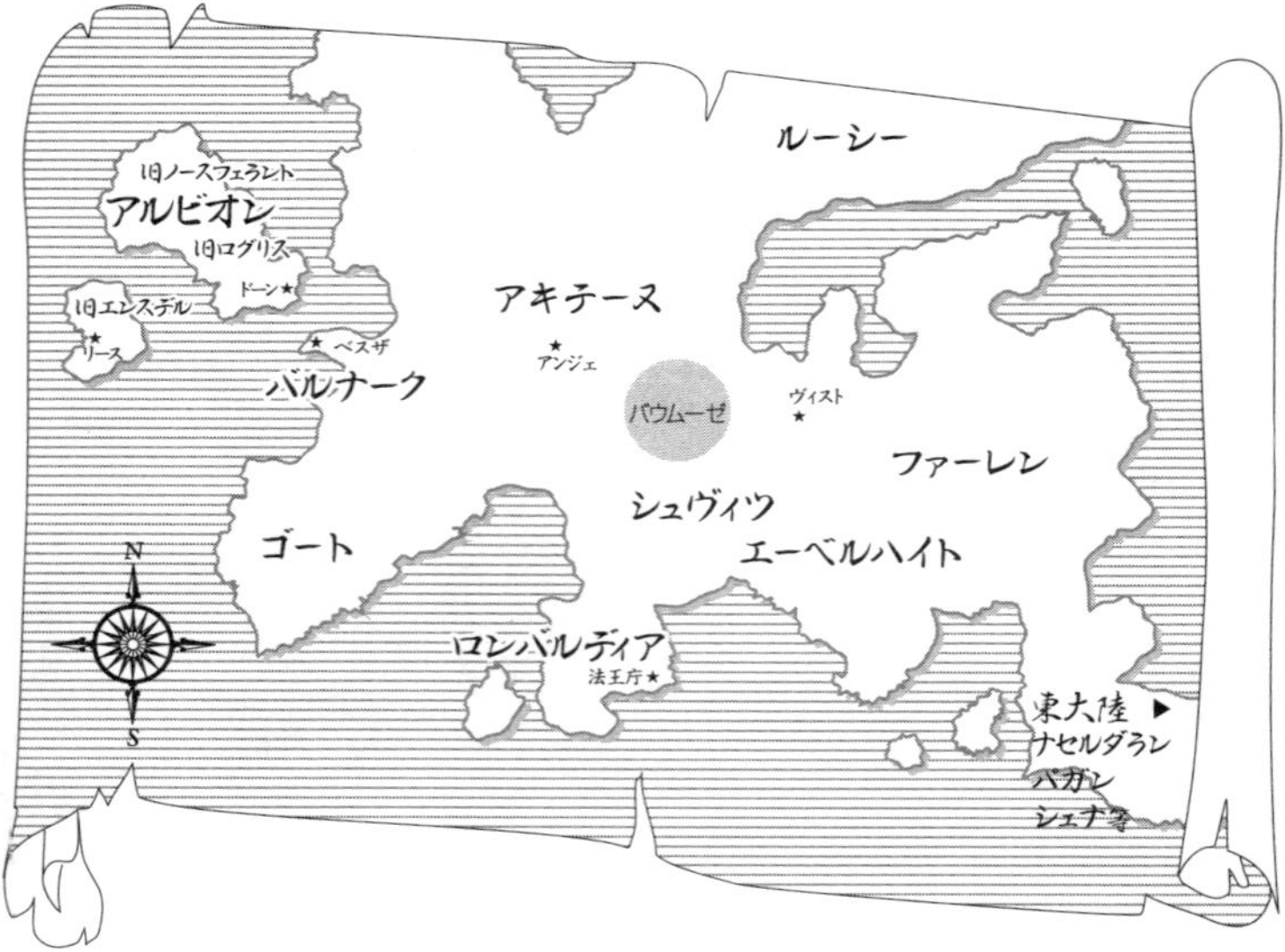

本文イラスト／さいとうちほ
Illustrated by Chiho Saitoh

1

アンジェから脱出《だっしゅつ》したルネを迎《むか》え入れたアキテーヌ軍は、ひとまずシェレの離宮《りきゅう》に入った。アンジェとは一日ほどの距離《きょり》にある宮殿《きゅうでん》で、十代前の王コンスの時代にはここに王都が置かれていたこともある。

生死不明とされていた宰相《さいしょう》モンフォール公が戻《もど》ったことにより、バウムーゼの森の砦《とりで》の戦いにおいてアキテーヌ軍はファーレン軍に大勝。国境線に迫《せま》っていた敵軍を見事追い返し、そのうえ人質《ひとじち》となっていた幼君ルネも救出され戻ってきた。

あとは王都アンジェから、アルビオン軍を追い出すだけだ。従軍する者達のあいだにはそんな明るい雰囲気《ふんいき》が満ちていた。数日前まで、モンフォール公の生死も知らされず、ルネ王は敵軍の人質に。もしかしてこのままアキテーヌは滅《ほろ》んでしまうのではないか⁉　そんな暗い顔をしていた人々は、嘘《うそ》のようにきびきびと働き、大きな声を上げていた。

「……しかし、王様の婚約者《こんやくしゃ》の公女様がまだ人質なんだろう？」

「そいつは関係ないだろう？　婚約者といっても、所詮《しょせん》他国の姫君《ひめぎみ》だ。それにファーレンやルーシーみたいな大国や、ロンバルディアの法王庁の息がかかってるならともかく、エーベルハイトなんていう、田舎《いなか》の山国じゃあ……」

小麦の入った麻袋《あさぶくろ》を肩《かた》に、同僚《どうりょう》を振《ふ》り返った兵士は、そのまま舌を凍《こお》りつかせた。

その〝田舎の山国〟出身の銀髪《ぎんぱつ》の騎士《きし》が、こちらを思いっきりにらみつけていたからである。同じく気づいた同僚と二人、こそこそと荷馬車の陰《かげ》に隠《かく》れる。

「まったく、勝手なことを言って！」

「気にするなサラ。モンフォール公は姫様をないがしろにするような、そんなお人ではない」

兵士の隠れた荷馬車をいまだにらみつけ、ぷんぷんと怒《おこ》るサラヴァントに、隣《となり》を歩いていたファーンが声をかける。

二人ともエーベルハイトの騎士であり、ルネと同じ十歳という幼さながらも国主である大公女マルガリーテ、その忠実な廷臣《ていしん》達である。今は、アキテーヌの同盟国として、また囚《とら》われの身のマルガリーテを救出するため、友軍としてこの陣《じん》に身をおいているのだが。

「わかっているさ、ファン。お前のほうこそ気にするなよ」

「なにをだ？」

先を歩いていた足を止め、振り返り訊《き》いてきた親友に、銀の髪《かみ》の騎士はこの青年にしてはめずらしく屈託《くったく》のある表情をする。

「姫様が再び囚われの身となられたのは、お前のせいではないぞ」

「たしかに全《すべ》て俺のせいだとはおもわないが、半分は俺のせいだな。

俺があのとき馬車をうまく御《ぎょ》していれば、姫様は投げ出されることはなかった。公妃《こうひ》がそれを助けるために、あそこに残されることも……」

セシルとともにマルガリーテとルネを助けるために立てた企《くわだ》て。途中《とちゅう》、ヴァンダリスの命を狙《ねら》ってエイリークと名乗る将軍の乱入はあったものの、馬車で館《やかた》をあとにしたあのときは、すべてうまくいったと思い込んでいた。

あのアルマンが仕掛《しか》けた銃声《じゅうせい》が轟《とどろ》くまでは。

「俺の失態で、ピネ殿《どの》まであんなことに……」

自分たちをかばい、銃弾《じゅうだん》を受けたピネだが、命は取り留めたものの、まだ予断を許さない状態が続いている。アンジェからルネとともに脱出してきたシュザンナが、ずっと付きっきりらしいが。

「ファン！　それまでお前のせいだとは！」

「わかっているさ！　あれは確かに偶然《ぐうぜん》が重なった、誰《だれ》にも予測出来ない不幸な事故だったかもしれない。

でも……考えるんだ。もう少し俺が……せめてピネ殿と同じぐらい早く、あのアルビオンの狐《きつね》に気が付いていたら、もう少しうまく手綱《たづな》を受け取ることが出来たかもしれない。そうすれば馬車もあんなに揺《ゆ》れないで、姫様が投げ出されることもなかったんじゃないかと……。

そんな今さら考えても仕方ないことばかり考える。繰《く》り返し、繰り返しな……」

「ファン……」

自身を笑うように苦笑《くしょう》するファーンの顔をサラヴァントはじっと見つめ。

「なにを言っている！　そんなふうに殊勝《しゅしょう》に落ち込むなど、お前らしくはないぞ！　ファン！」

怒ったように大きな声をあげバンバンと背を叩《たた》く。

「だいたい、自分が悪くても、そのよく回る舌で煙《けむ》に巻く、それがお前だと思っていたぞ。エーベルハイトの八枚舌のファーン・ロー・ド・デュテ卿《きょう》が一度や二度の失敗で落ち込むなど、ふがいない」

「あのな……サラ」

おもいっきり背中を叩かれ、顔をしかめたファーンだったが、不敵に微笑《ほほえ》み。

「確かに過ぎたことをぐちゃぐちゃ言っても仕方ないな。

それより姫様をどうやって取り戻すか。それを考えないと」

「ああ、そうだぞファン！　そう考えるのがお前だ！」

下手な慰《なぐさ》め方だったが、そんな友の気持ちがファーンには嬉《うれ》しかった。サラヴァントなりに、ここ数日落ち込んでいる自分を見てられなかったのだろう。

そこで、ふとファーンはちょうど通りかかった塔《とう》を見上げた。

あそこに閉じこめられているアルビオンの王子もおそらくは、自分と同じくどん底にあるはずだ。

慰める友もおらず一人で……。

——俺が考える問題じゃないか。

「どうした？　ファン」

「いや、なんでもない、サラ」

塔に背を向けて、ファーンはサラと二人肩を並べてその場をあとにした。

⚜

ファーンが塔の外で考えたとおり、ヴァンダリスは深い自己嫌悪《けんお》の中にあった。

アキテーヌ軍の捕虜《ほりょ》となり塔の一室に軟禁《なんきん》状態にあるとはいえ、そこは暗い地下牢《ちかろう》でも、両手足を鎖《くさり》で囚われているわけでもない。

――いっそ、そうされたほうが気分は楽だったろうな。

通された部屋は貴人を泊《と》めるために使われる客間で、届けられる食事などの待遇《たいぐう》も良い。だからこそ、居心地《いごこち》が悪い。

いや、たぶんこれは、生き残ってしまったことに対する罪悪感だろう。

ラルセンの死を確認《かくにん》したわけではない。だが、もしかしたら生きているのでは？と楽観的に考えることなど出来なかった。あのエイリークの気性《きしょう》だ。殺そうと思っていた自分を逃《のが》したとなれば、当然あの猪《いのしし》将軍はいきり立ち、それをかばったラルセンに怒《いか》りの矛先《ほこさき》を向けるのは目に見えるようだ。まして、大勢の兵士達の混乱の中。ああいったときは、司令官にその気がなくとも、事故は起こるものだ。

いや、自分の暗殺はそれを狙ったものだろう。表向きは、セシル捕縛《ほばく》に自分が反対し抗《あらが》った。そのヴァンダリスの抵抗《ていこう》を抑《おさ》えようと致《いた》し方なくもみ合ううちに、誤って兵士の一人が皇太子に致命傷《ちめいしょう》を与《あた》えてしまった。死亡は事故であると……そう片づけることができる。

アンジェの王宮ではすでに、自分の葬式《そうしき》が開かれているかもしれないな……とヴァンダリスはそう考え、くくくと笑った。身代わりの死体など、顔さえつぶしてしまえばいくらでも用意できる。あのハロルドが考えないわけがない。

己《おのれ》の葬式など、見たくても見れるものではない。ならば、一度見てみたかったが……。

父であるコーフィン二世は、ヴァンダリスの棺《ひつぎ》に取りすがって泣いただろうか？　己が殺害を命じた息子《むすこ》の葬式で、涙《なみだ》する父親を演じる。

ハロルド・ネヴィル……いやアルマンに、甘言《かんげん》を弄《ろう》されたことはわかっている。凡庸《ぼんよう》であり、優秀《ゆうしゅう》な息子には常々気兼《きが》ねしていた。また劣等《れっとう》感も抱《いだ》いていたのかもしれない。そこに身ごもっている愛妾《あいしょう》への愛情が絡《から》めば、実の息子さえ殺そうとする。それが人間だと、いや王族というものだと言われればそれまでだが。

それでも実の父親に殺されかけたことは、ヴァンダリスには衝撃《しょうげき》だったのだ。平凡な父を確かに馬鹿《ばか》にしていたこともあったが、しかし、それでも肉親の情愛というものにどこか彼は頼《たよ》っていた。また自分が居なければ、国が成り立っていかないとも思い込んでいたのだ。

しかし、そんな幻想《げんそう》はたやすく崩《くず》れるものだと思い知らされた。

今頃《いまごろ》、ハロルドいやアルマンは高笑いをしていることだろう。裏切られた怒りも湧《わ》いてこないのは、どこかであの危険な男を使いこなせると、妙《みょう》な自信を持っていた自分自身に呆《あき》れているせいだ。もちろん、あの男の陰謀《いんぼう》でラルセンを失った……その怒りはある。だがそれさえも、結局、あれは危険だというラルセンの警告を無視し続けた己への報《むく》いと考えれば、復讐《ふくしゅう》をしようという気持ちさえ今は湧いてこない。

扉《とびら》が開く音に顔を上げる。入ってきたのは見知らぬアキテーヌの人間だ。軍役《ぐんえき》についているものではないことは、剣《けん》を帯びていないその服装と雰囲気《ふんいき》からしてわかる。おそらくは宮廷《きゅうてい》に仕える侍従《じじゅう》か。

捕虜に対するものではない、まるで賓客《ひんきゃく》に対するもののように、その男は一礼して告げた。

「陛下がお茶に御招待《ごしょうたい》されたいとおっしゃっておられますが、いかがいたしましょうか？」

「お茶？」

ヴァンダリスは首をかしげた。ルネが今の自分を招待する意味が、わからなかったからだ。

しかし、皮肉に口元《こば》を歪《ゆが》める。

「今の私に、それを拒む権利はあるまい？　虜囚《りょしゅう》なのだからな」

「では、陛下の御招待をお受けなされるのですね？」

ヴァンダリスの嫌《いや》みな言葉にも、顔色一つ変えずあくまで慇懃《いんぎん》無礼な態度で侍従は応《こた》える。

「そういうことだ」

「では、こちらへ」

侍従に導かれるままに、ヴァンダリスは部屋をあとにした。

「このたびは、アキテーヌ王のお茶の時間にお招き頂き恐悦至極《きょうえつしごく》にございます。なれど、ここでは捕虜を王自らが歓待《かんたい》なさるのが、流儀《りゅうぎ》なのですかな？」

勧《すす》められた椅子《いす》に腰掛《こしか》けぬまま、ヴァンダリスはそう口を開く。

広い部屋の中央に置かれているのは、大きな食卓《しょくたく》。長い両端《りょうはし》には数十人の人々が着席することが出来るだろうか？

暖炉《だんろ》と豪奢《ごうしゃ》な壁掛《かべか》けを背にして、座るのはルネ。その脇《わき》には黒衣の宰相《さいしょう》、モンフォール公オスカーの姿がある。

「捕虜などとんでもない！　殿下《でんか》は私の大事な客人として、この離宮《りきゅう》にお招きしたと思っております。

ごらんになってわかると思いますが、なにぶん取り込み中ゆえ、今までおかまいも出来ず失礼いたしましたが、こうしてゆっくりお話できる機会を設けることが出来て、大変嬉しく思っています。さあ、おかけになってください」

ルネに笑顔《えがお》でそう言われれば、ヴァンダリスとしては食卓に着くしかない。相手が横にいるオスカーならば、さらに嫌みの一つでも言ってやるところだが、子供相手にそこまで意地を張るのは、大人げないというものだ。

ヴァンダリスの席は、ルネの座る食卓の端の正反対。つまりは遠く離《はな》れた反対側ということになる。

部屋に居るのはヴァンダリスとルネ、それに扉を警備する騎士《きし》が二人。食事を運ぶために、使用人が出入りするだろうが、武器を持たぬ彼らはこの際、頭数に入らないだろう。騎士達がいる扉からヴァンダリスが座る椅子まではずいぶん距離《きょり》がある。それに隠《かく》し持っているのかもしれないが、腰に帯びている剣以外の武器は見あたらない。

つまりここでヴァンダリスが突発《とっぱつ》的な動きを見せたとしても、彼らはすぐに止めることは出来ないのである。

――いや、無理だな。

扉に立つ騎士とヴァンダリスとのあいだ以上に、正面に座るルネとの距離は離れているのだ。駆《か》け寄ることに成功したとしても、その前に横にいるオスカーが動くだろう。

テーブルのうえに置かれているのは、空っぽの茶器に、砂糖菓子《がし》が盛られた銀器。投げつけてもそうたいした怪我《けが》にはならないだろう。

だいたいそんなことをしても意味はない。アキテーヌ王の身体《からだ》に、小指の先でも傷がついたならたいした騒《さわ》ぎだが、ヴァンダリスはそれで捕《と》らえられ、塔の上の部屋に戻《もど》されるか、今度は本当に囚人用の牢に放《ほう》り込まれるか。最悪激怒《げきど》したオスカーによってその場で首を刎《は》ねられるか。

ルネを人質《ひとじち》にとって脱出《だっしゅつ》する。その方法を真剣に考えている自分に気づき、ヴァンダリスは苦笑《くしょう》する。

まだ、そんな気概《きがい》が己の中にあったのかと。

幼い王を人質にとって、占領《せんりょう》したアンジェの王宮に帰ったとしても、自分の居場所などもうどこにもない。臣下達の手前、生きていたのか！と喜び迎《むか》え入れてくれるだろうか。いや、それとも顔を見るなり、偽物《にせもの》だ！アキテーヌの陰謀に違《ちが》いないなどと、言いがかりをつけられ結局は……。

そんな物思いに耽《ふけ》っていたヴァンダリスは、給仕《きゅうじ》の手から注がれた薫《かお》り高い琥珀《こはく》色の液体に、目を見開いた。

「これは……」

「アルビオンの方ならば、こちらのほうがよろしいと思いまして」

それはお茶だった。たしかにアルビオンがログリスと呼ばれていた時代から、王宮ではこのシェナ渡《わた》りの茶が好まれてきた。

これがアキテーヌとなると、男性には珈琲《コーヒー》、女性や子供にはショコラということになる。当然、オスカーの前に置かれた茶器にはその漆黒《しっこく》の液体が注がれていることだろう。そしてルネの前に置かれたものには甘いショコラが。

三人の飲み物の違いが、この奇妙《きみょう》な会談の意味を表しているように、ヴァンダリスには思えた。

敵地で囚《とら》われ、アルビオンの香《かお》りがするお茶を飲む皇太子とは、なんとも皮肉だ。

「殿下にはいままでこの離宮に御滞在《ごたいざい》頂いたが、塔《とう》の一室でさぞ御窮屈《ごきゅうくつ》な思いをされたことでしょう。

これからはご自由にされても結構です。どこへなりとも、行かれるがよろしい」

「……それはどういう意味ですかな？」

おもむろに切り出したオスカーの言葉に、ヴァンダリスは怪訝《けげん》な顔になる。

「しかし、先ほどの陛下の言葉どおり、アキテーヌ国内はなにぶん取り込み中にて、多少混乱しているところもあります。

出来れば速《すみ》やかに国外に出られるのがよろしいでしょう。旅に必要な馬や、旅費ならば今すぐにでもご用意いたします」

つまりは、解放してやるから、とっととこの国を出て行けというのである。

オスカーの真意をはかりかね、ヴァンダリスがとっさに言葉が出ないで黙《だま》り込むと、黒衣の宰相は仕方ないというようにため息を一つ、切り出した。

「本音を言えば、あなたには人質としての価値はない」

「……っ！」

瞬間《しゅんかん》目の前が真っ赤になり、ヴァンダリスは食卓の下の拳《こぶし》を握《にぎ》りしめ怒鳴《どな》りたいのを抑《おさ》えなければならなかった。

ここで取り乱せば、オスカーの言葉をそのまま肯定《こうてい》することになるからだ。

たしかにアキテーヌがこのまま彼を虜囚としておく、その価値はないのだ。普通《ふつう》ならば、アルビオン側に囚われの身となっているセシルとマルガリーテの身と交換《こうかん》というのが流れである。

が、コーフィン二世に応じる気持ちはないだろう。なにしろ、息子の殺害を自ら命じたのだ。

それはヴァンダリスの思いこみで、親子を引き離そうとするアルマンの巧《たく》みな罠《わな》であったのだが、しかし、今の彼にとってはそれが真実だ。

そして、その光景を見聞きしたファーン、報告を受けたオスカー達にとってもだ。

アルビオンの皇太子ヴァンダリスは、父である王に見捨てられ、臣下である黒鷲卿《くろわしきょう》の陰謀《いんぼう》に見事陥《おとしい》れられたと。

「このままあなたをここに留《とど》めて、脱出しようとしてあれこれ騒ぎを起こされても、煩《わずら》わしいのでな。ならば、いっそここで自由にしてしまったほうが、手間がかからない」

まるで、やっかいな荷物を放り出すかのようなオスカーの言い方だ。

「私を解放してもかまわないと？」

ヴァンダリスは不敵に微笑《ほほえ》んだ。今の彼を支えているのはオスカーへの敵対心と、アルビオンの皇太子であった自分が取り乱した無様な姿など見せることは出来ない……そのぼろぼろになった矜持《きょうじ》だけだった。

「あとあと、後悔《こうかい》することになっても知りませんぞ。あのとき、このヴァンダリスを始末しておけばよかったと」

「ほう、ぜひともそうして頂きたいものですな。

一度や二度の失敗で意気消沈《しょうちん》されて、シュヴィッツなどでご静養されては、解放したこちらとしても寝覚《ねざ》めが悪い」

「私はアルビオン人だ！　誰《だれ》が亡命など！」

「ならば、お国に戻られると良いでしょう。皆《みな》、あなたのお帰りをお喜びになるでしょう。なにしろ、あなたはアルビオンの騎士、英雄《えいゆう》にして、未来の王、皇太子なのだから」

「…………」

亡命などしないと勢いよく叫《さけ》んだヴァンダリスであったが、しかし、国に帰れと言われて押し黙る。

戻ることはすなわち、父と対決することだ。国を二分し争うことになるだろう。下手をすれば、せっかく統一した三国をバラバラにするどころか、アルビオンそのものが滅《ほろ》びかねない。

「ヴァンダリス殿下」

迷い、苦悩《くのう》するヴァンダリスに話しかけたのは、黒衣の宰相ではなくその隣《となり》で黙って聞いていたルネだった。

ヴァンダリスは意外な思いで、口を開いたルネを見た。たしかにその存在は目に入っていたし、挨拶《あいさつ》の言葉も交《か》わしたが、しかし、この幼い少年は横にいる宰相の傀儡《かいらい》としてしか認識《にんしき》していなかったからだ。

それが明らかに自分の意思で話しかけてきた。

「なんでございましょう？　ルネ陛下」

「私たちは良き同盟者になれると思う」

ヴァンダリスは怪訝な顔になる。今は立場が逆転しているとはいえ、一時期彼を虜囚《りょしゅう》にしていたのは自分だ。その自分が同盟者になるなどと。

「お言葉ですが、陛下。アキテーヌは今、アルビオンと交戦状態にあるのですよ。その……」

　皇太子である自分と……と言いかけて、ヴァンダリスは口を閉《と》ざす。今の自分にはそう言い切れる自信さえないのだ。悲しいことに。

「私は国同士で同盟を結びたいと言っているわけではない。むしろ、あなたと個人的に同盟を結びたいと思っている。なぜならば、私たちは共通の敵を抱《かか》えているからだ」

「それは……？」

「あなた達が、ハロルド・ネヴィルもしくは、黒鷲卿と呼び、そして私たちは変わらずアルマンと呼んでいる男。リシュモン伯爵《はくしゃく》……いや、元伯爵と呼んだほうが良いだろう。既《すで》に彼の爵位も領地も、この国にはないのだから」

　そのことはヴァンダリスも知っていた。彼が元はアキテーヌの伯爵であり、親友であるモンフォール公を裏切り、あまつさえ暗殺しようとし、そしてルネを傀儡にしてアキテーヌを乗っ取ろうとした。これは西大陸中で、誰もが知っている話だ。

　それほどの大事件を起こした男を、ヴァンダリスはあえて臣下として迎え入れた。確かにいつ裏切るかわからない危険な獣《けもの》ではあるが、その知略は利用できる。また自分はその獣に背後から襲《おそ》われるような馬鹿《ばか》なことにはならないと、そんな過信があったのも確かだ。

　今となってはその過信は、愚《おろ》か者より劣《おと》る思いこみだったとわかっている。

「彼がなぜ国の簒奪《さんだつ》に、玉座や王冠《おうかん》というものにあれほどこだわるのか、殿下《でんか》はご存じだろうか？」

「いえ、私はあれの正体は知っていてあえて使っていましたが、詳《くわ》しい経緯《けいい》は訊《き》いておりませんので」

権勢欲には理由など必要はないと思っていた。他人よりも少しでも優位に立ちたいと……あれの場合は親友に対する猛烈《もうれつ》な対抗心《たいこうしん》もあっただろう。それぐらいにしか思ってはいなかった。

今となって考えるとたしかに彼の執着《しゅうちゃく》には異常なものを感じる。

「これは、我がアキテーヌの恥部《ちぶ》といってよいのですが、実はあの男は……」

ルネが言いかけたところで、横にいたオスカーが「陛下」とルネに声をかける。それ以上は言うなという意味だろう。

しかし。

「話すなという公の気持ちはよくわかる。どう考えてもこれはアキテーヌの恥《はじ》だからな。しかし、私はあえてヴァンダリス殿下に申し上げたいのだ」

きっぱりとそう言う。そのルネの顔を見て、オスカーも「陛下がそう申されるなら」と承諾《しょうだく》した。

その光景にヴァンダリスは内心驚《おどろ》いた。自ら口を開くルネを見てもなお、やはりこの子供は傀儡と彼は思っていたのだ。しかし、この幼い王は自分の意思で話したいと言っている。

「私の祖父にあたるギョーム二世は、偉大《いだい》なる王として有名でありましたが、一方で正妃《せいひ》以外の複数の愛妾《あいしょう》を持ったことでも有名な方でした。

そして、正妃の子以外にも、たくさんの王子や姫《ひめ》が生まれた」

そこまでは誰でもご存じのことと思いますが?と目で問いかけられ、ヴァンダリスは頷《うなず》く。

「ここまで言えばお察しかと思いますが、あのアルマンもまたギョーム二世の子供だったのです。母親はオペラ座の踊《おど》り子と聞いていますが、それを子供のないリシュモン伯爵が引き取り、実子として育てた」

ああ……それで、とヴァンダリスは納得《なっとく》する。そしてルネの横にいるモンフォール公をちらりと見る。

もし、彼が伯爵家などに預けられず、母が愛妾として宮殿《きゅうでん》に迎《むか》え入れられ、庶子《しょし》としてでもギョーム二世の子として認められていたのなら……この黒衣の宰相《さいしょう》の立場になっていたかもしれないのだ。

いつの時点で彼が自分の出生の秘密を知ったかはわからないが、確かに男として、その野望に火がついたことだろう。同じ王の子という出生の秘密を抱え、歳《とし》も、そして能力もたいして違《ちが》わないと思っている男が、しかも親友が、国を牛耳《ぎゅうじ》る宰相という地位についたのだから。

もちろん、自分の分をわきまえて、伯爵家の当主として、またモンフォール公の片腕《かたうで》として、平穏《へいおん》無事に暮らす道もあったのだ。しかし、あの男の抱えている才能と性質は、凡庸《ぼんよう》な暮らしというものはおおよそ似合わない、危険なモノだった。

しかし、ルネの話はここで終わらなかった。

「……というのが私も、モンフォール公も、そして彼自身も途中《とちゅう》までは信じていた話です。だが、彼の本当の父親はギョーム二世ではありません。私の父でもあるギョーム三世です」

その言葉に驚いたのは、ヴァンダリスだけではない。オスカーもだ。

「陛下、それは一体？」

「誰に訊いたのかというならば、本人がしゃべったのだ。又聞《またぎ》きではなく、私に直接な」

「しかし、それは……」

「もちろん、あの男が策をよく弄《ろう》し、そのためには虚言《きよげん》を吐《は》くことを毛筋ほどもためらわぬことは、私もよく知っている。

だが、アキテーヌ王であるとはいえ、人質《ひとじち》の状態にあり、しかも、なんの力もない子供の私に話したところで、あの男にどんな利がある？」

「それは陛下のお気持ちを乱そうと……」

「ならば、それは真実でなければならない。自分が王の子であるという、正当性を周りに認めさせるためではなく、あの男の心のためにだ。いくらあの男でも、己《おのれ》の心に嘘《うそ》はつけない。

そして自分の胸に秘《ひ》めてきた真実を私に告げることで、彼は満足を得ようとしたのだ。幼いお前が座っている玉座は、本来ならば兄である自分の物だったのだと、告げることで」

「陛下！　そのようなお言葉は」

「もちろん、私は彼に玉座を渡《わた》すつもりはない。彼が兄だということを認めてもよいだろう。だが、絶対に渡すことは出来ない」

少年はきっぱりと言い、オスカーからヴァンダリスに視線を移した。

「たとえ私の兄であっても、庶子である彼には王位継承権《けいしょうけん》はないという言い分もあるでしょう。が、私はそんなものを根拠《こんきょ》に、彼に王たる資格はなく、自分にその資格があると言っているのではありません。

そもそも、私が王位についたのは六歳のとき、今でも十歳の子供です。ここに居るモンフォール公が、宰相として国を導いてくれなければ、とてもアキテーヌは立ちゆかなかったでしょう。


彼が王になったほうが、よっぽどふさわしいぐらいだと思っているほどです」

「陛下、お戯《たわむ》れが過ぎますぞ」

オスカーが眉間《みけん》に皺《しわ》を寄せて若き王をたしなめる。ルネは「すまない」と笑う。

「確かに他の貴族の耳にでも入れば、モンフォール公が宰相として国を思うがままに動かすのに飽《あ》きたらず、玉座をも狙《ねら》っているとあらぬ噂《うわさ》をたてられかねないな」

「それがおわかりになるなら、軽々しい言動はお慎《つつし》みください」

「うん、でも、私が公こそ、王にふさわしいと思っているのは本当のことだ」

「陛下！」

ころころと声をあげて幼君は笑い、宰相の眉間の皺は深くなる。

呆然《ぼうぜん》とヴァンダリスはその光景を見ていた。子供らしく屈託《くったく》なく笑うルネの顔を。

彼は、幼くとも王なのだと思う。

そして自分が子供で、王として力足らずであることを認め、信頼《しんらい》する叔父《おじ》に政務を託《たく》している。

それを冗談《じょうだん》めかして言うほど、モンフォール公を信頼しているのだ。けして、傀儡扱《あつか》いなど

と、屈折もせず。

「話が脇《わき》にそれました」とルネはヴァンダリスに視線を戻《もど》す。

「私は彼に王権を渡すわけにはいかないと申し上げました」

「ええ、その理由はあなたが正当なる王位継承権を持っているだけではないと」

「はい。私自身も自分がとても優秀《ゆうしゅう》な王たる資格があるとは思っていません。それでも、私はアキテーヌの王位継承者として生まれました。自分でもこの国を守ることが使命だと思っています。

だからこそ、あの男に玉座を渡すわけにはいかないのです。彼が能力的に足りないなどとは思いません。あの知略ならば、乱世には一国の城主、王ともなれたかもしれない。だが、今の世には彼は危険すぎます。

彼は自分の野望のために人々の心を乱し、弄《もてあそ》び、チェスの駒《こま》のように動かします。それは自国の民《たみ》も一緒《いっしょ》でしょう。王となっても彼は自分の野望のために、遊技のように国の命運を賭《か》け様々な陰謀《いんぼう》を巡《めぐ》らすに違いない。そんな国には安定はありません。アキテーヌの国は、民は、彼一人のために翻弄《ほんろう》されるでしょう。

私はこの国が好きです。『王として国を愛すべきだ』という、その気持ちが偽善《ぎぜん》というならば、『周りの人々が好きだ』という言葉に置き換《か》えてもいいでしょう。私に一心に仕えてくれる者、今、国のために戦ってくれている兵。そしてこのモンフォール公。

その人々を守るために、私はあの男には、アキテーヌは渡せません。絶対に」

少年の真っ直《す》ぐな瞳《ひとみ》が、ヴァンダリスを射るように見つめる。

「あなたはどうされるのですか？　ヴァンダリス殿下《でんか》？」

「私が？」

「ええ、アルビオンはどうなされるのです？　あの男の手に任せておくのですか？」

そこでヴァンダリスは息を呑《の》む。

自分にとってはセシルをめぐる恋敵《こいがたき》のモンフォール公。その傀儡《かいらい》だと思い込んでいた少年から突《つ》きつけられた意外な問いかけ。

いや、少年は傀儡などではなく、立派な王で、そしてアルビオンの王位継承者としての自分に問いかけているのだ。


あなたは、あなたの国をあの男の手から守るのか？と。


「もちろん、あのような男に我が国を思うがままに操《あやつ》られて良いわけがありません。しかし……」

自分が生きて父のいるアンジェに戻れば、いたずらに混乱を招くことはわかっている。

最悪、父と争わなければならない事態に陥《おちい》るかもしれない。廷臣《ていしん》達がどちらに付くにしてもあとに禍根《かこん》を残す。いや、そのまえにアルビオンが崩壊《ほうかい》の危機に陥ることもある。

出来うるならば、ここまできて穏便《おんびん》に……もないだろうが、しかし、コーフィンとの直接対決は避《さ》けたかった。皇太子とはいえ王の臣、それに逆らうことはすなわち正当な王位の継承権を失うことを意味する。それよりなにより、やはり実の父との争いにためらいがある。

なるほど自分は甘いということになるのだろうか?とヴァンダリスは内心苦笑《くしよう》する。やはり王子様だと、あの男が笑う声が聞こえるようだった。

「殿下、私は数日中にアキテーヌ国内から去られるように申し上げたはずでございます」

考え込むヴァンダリスをオスカーの声が現実に引き戻す。

アキテーヌの領地から去れということは、アンジェには戻るなということだ。ならば、アルビオン本国に尻尾《しつぽ》を巻いて逃《に》げろということだろうか?

確かに、本国に戻れば、自分が死亡した、ないしは王命により皇太子の地位を剝奪《はくだつ》されたという知らせが、まだ届いていないかもしれない。届いていたとしても、ヴァンダリスが現れたとなれば、留守を預かる大臣もその扱いに苦慮《くりよ》するはずだ。それをうまく言いくるめて、もしくは自分を支持するだろう勢力によって、実力行使でドーンの宮殿を制圧することは可能だ。

とはいえ、コーフィン二世がいるアンジェの問題は残る。オスカーが戻り、勢いを取り戻したアキテーヌ軍を相手にしては、周りを取り囲まれたアルビオン軍の未来は暗いだろう。

そこに自分が王の許可もなくドーンに戻り、己の保身に走ったと知れれば、臣下達どころか大陸各国からも、高みの見物を決め込んで実の父を見殺しにしたと、そういう非難は免《まぬか》れないだろう。

そんな屈辱《くつじよく》は、誇《ほこ》り高いヴァンダリスには我慢《がまん》ならないことだった。臆病者《おくびようもの》のそしりなど。

ならば、ここはやはりアンジェに戻って、あの狐《きつね》と父王との対決を……。

そう思い、口を開きかけたところで、オスカーが遮《さえぎ》るように言う。

「すぐにでもお発《た》ち頂きましょう。

必要な馬や手形は用意いたします。まずはゴートに向かわれるとよろしいでしょう」

「ゴート……？」

あくまでアキテーヌを去れと強調する言葉と、その行き先がゴートであることにヴァンダリスは、疑問を感じる。

だいたい自分をアルビオンに戻しては、先のルネの言葉に反することになる。本国を自分に押さえられたと知り、父であるコーフィン二世や従っている大臣達は慌《あわ》てるだろうが、しかしあの男、アルマンにとっては所詮《しょせん》他国のお家騒動《いえそうどう》だ。

ならば、ますますこのアンジェから退《ひ》くことは出来ぬと、コーフィン二世に言葉巧《たく》みに思い込ませることだろう。先に占領《せんりょう》したバルナークとアキテーヌ国内の運河は押さえてあるのだ。

目先の物資に困ることはない。

「ゴートから先はお好きなところに行かれるが良いだろう。

あなたがお考えになる場所に」

そのオスカーの言葉にヴァンダリスは目を見開いた。

交戦状態のアキテーヌから、アルビオンに船を出すことは出来ない。アキテーヌ船籍《せんせき》の船など近づけば、たちまち砲撃《ほうげき》されることになるだろう。

しかし、ゴート船籍の船ならば、貿易はアルビオンの重要な産業の一つだ。アキテーヌとの戦争状態とはいえ、他国の船を拒《こば》むことはない。

それはアルビオンの支配する、どの港でも当てはまるということだ。

そう、どの港でも……。

やはり、自分は全《すべ》てを失ったと思いこみ、かなり動揺《どうよう》していたらしいと、ヴァンダリスは苦笑する。目の前の男に言われるまで、そのことさえ思い浮《う》かばなかったとは。

「そちらの計略に乗せられるのは少々シャクに触《さわ》るが……」

「計略などとんでもない。私は無事に殿下がお帰り下さるよう、願っているだけです」

「ああ、帰ろうとも、私が行くべき場所へ」

ヴァンダリスは不敵に笑い、今度はルネに視線を向ける。

「陛下」

「なんでしょうか？」

「私も、ぜひ陛下と個人的に同盟を結ばせて頂きたいと思っています。アンジェに残っている狐を直接捕《と》らえることが出来ないのは不満ですが、頭が良くずる賢《がしこ》い獣《けもの》です。罠《わな》へと追い込む勢子《せこ》の役目をする者も必要でしょう」

つまりは自分はその狐の退路を断《た》つ役目を引き受けたと暗に匂《にお》わせ。

「狐の始末はそちらにお任せしましょう。もともとはアキテーヌから出たものです」

「お任せください」

「それから、あの狐とともにいる父のことなのですが……」

本来ならば〝王〟と呼ぶべきだろう。しかし、ヴァンダリスはあえて、父という言葉を使った。

その意図を汲《く》んだようにルネは無言でうなずき。

「無事にアルビオンにお戻しいたしましょう。お父上は狐に騙《だま》され、悪い夢を見られているのです。夢が覚めれば、ご自分のなされたことが過《あやま》ちであったとお気づきになるはず」

「……陛下のお気遣《きづか》い、感謝いたします」

アルマンの身柄《みがら》さえ押さえ、アルビオン軍が素直《すなお》に撤退《てったい》してくれるならば、コーフィン二世は無事にアルビオンに戻ってくると、ルネは約束したのである。

かくして、アルビオンの皇太子ヴァンダリスと、アキテーヌ王ルネとのあいだに、両国の将来に関《かか》わる重大な密約が成立した。


ヴァンダリスはオスカーの言葉どおり、その日のうちに囚《とら》われていた離宮《りきゅう》をあとにした。

与《あた》えられたのは、馬と路銀。供の一人もいない。もっとも、アキテーヌの間者がそれとなく、どこかで見張っているのだろうが、それでも自分が一人なことに変わりはない。

味方もなく敵地にたった一人。

あのときも似たような状況《じょうきょう》だったと思い出す。賊《ぞく》に襲《おそ》われ絶体絶命だったとき、ハロルド・ネヴィルと名乗る男に救われた。

出会いさえ無ければ……とは思わない。そもそも自分が襲われたのも、あの男が仕《し》掛《か》けたものである可能性さえあるのだ。結局のところ、危険な匂いを感じながらもアルマンを使い続けていたのは自分だ。

そのためにすべてを……ラルセンを失った。

離宮から一本道を進み、右へいけばバウムーゼ、左に行けばゴートへ続く街道《かいどう》という分かれ道で、ヴァンダリスは馬を止めた。

「お前は……」

「殿下、私もお連れください」

そこにいたのは、一人の若い騎士《きし》。ジュールだった。

ヴァンダリスにとっては、彼はアルマンの操り人形。女子のようにひ弱で控《ひか》えめな……そういう印象の少年であった。あのバルナークの大公の宮殿で会った時も、ドレス姿。

だが、今、目の前にいる少年は、あれからさほど月日がたっていないというのに、見違《みちが》えるほど男らしく成長したように見える。若々しい騎士見習い姿もよく似合う。

「私が行くのは物見遊山《ゆさん》でも、ましてドーンに逃げ帰るわけでもない。戦いに行くのだぞ？それをわかっていて連れていけというのか？」

「はい、ラルセン提督《ていとく》の代わりにお連れください！」

「ラルセン？」

少年の口からその名が出たことを意外に、そして少しの胸の痛みとともに受け止める。

「お前はラルセンを知っていたのか？」

「はい、とても立派な提督でした。私は父の顔を知りませんから、提督を父のように思っていました」

「……そうか」

自分にとってもかけがえのない男だったのだ。失ってみて初めてわかるとは、なんとも愚《おろ》かだが。

「提督は殿下《でんか》をとても大切に思ってらっしゃいました。私では提督の代わりになるとはとても思えませんが、しかし、なにかのとき殿下をお守りする盾《たて》代わりにはなれると思います。ぜひ、お連れください！」

「盾か……」

その盾になってラルセンは死んだのだ。自分を守る盾となって。

「アキテーヌ側には許可を得ているのか？」

「はい。モンフォール公は私の決意が固いと知ると、快く送り出して下さいました」

「ならば、この場で誓《ちか》え。私の盾となって死のうとなど思うな」

「えっ！　それは……」

「騎士であるお前の命は、アルビオンのために使うべきもの。このヴァンダリス一人のために死ぬなどとは思うな！

それを誓うことが出来なければ、連れてはいかん」

「ち、誓います！」

「このヴァンダリスに仕えるのではなく、アルビオンの騎士となるのだぞ」

「はい！」

「ならば、ついてこい！」

「あ、お、お待ちください！」

馬で駆《か》け出したヴァンダリスのあとを、ジュールは連れていた馬にまたがり慌てて追いかけて行った。

2

ぴちゃりと天井《てんじょう》から落ちる水音が響《ひび》く、アンジェの宮殿の地下牢獄《ろうごく》。

じゃらじゃらと耳障《みみざわ》りな鎖《くさり》の音が、先ほどからひっきり無しに響いていた。

「離《はな》れろ！　俺に触《ふ》れるな！」

「暴れても、怒鳴《どな》っても、君には逃《のが》れるすべなどないよ。覚悟《かくご》を決めたほうがいい」

触れるアルマンの手に、セシルが顔をしかめる。そのあごをアルマンが捕らえ。

「涙《なみだ》のひとつでも見せて、許しを請《こ》うなら、僕も多少は考えてみてもいいけどね。男でも美人の涙にはさすがに弱い」

　セシルはとたんキッと目の前の男の顔を睨《にら》み付ける。

「俺はお前など恐《おそ》れない！」

「その強気がどこまで続くか見物だね。他《ほか》の男に抱《だ》かれて、オスカーの前に出てもそう言えるのかい？」

「抱くことで、その身を汚《けが》すことが出来ると思うならそうするがいいさ。だが、俺もあの人もそんな風には思わない。

　心はそんなことでお前に屈《くっ》したりはしないからだ」

　真っ直《す》ぐ貫《つらぬ》くような瞳《ひとみ》でセシルはアルマンを見る。アルマンはその瞳にたじろいだように一《いっ》瞬《しゅん》押し黙《だま》ったが、次の瞬間にはもう不敵な笑《え》みを浮かべ。

「なら、それを証明してもらおうじゃないか？　僕に抱かれたあとでも、同じ言葉を言えるかどうか！」

　スカートをたくし上げ、太ももをなで回す男の手の不快さに、セシルは歯を食いしばる。

「ふふ……威勢《いせい》がよかったが、もう降参かい？」

「誰《だれ》が」

　セシルは不敵に笑い、アルマンのその顔に唾《つば》を吐《は》きかけた。

「このっ！」

　矜持《きょうじ》の高い男だ。たちまち怒気に顔を染めたアルマンが、手を振《ふ》り上げてセシルの頬《ほお》を張る。

衝撃《しょうげき》に顔を背《そむ》けたが、しかしセシルは乱れた髪《かみ》の下からアルマンの顔をしっかりと見据《みす》える。

「君が見かけ通りのか弱い小鳥などではない、薄汚《うすぎたな》いこそ泥《どろ》だということを、忘れていたよ」

「……お前もな。こんなことでしかオスカーに意趣返《いしゅがえ》しが出来ない、哀《あわ》れな奴《やつ》だ」

「……っ！」

アルマンは無言のまま、セシルの胸元《むなもと》に手を掛《か》けると、そのドレスを引き裂《さ》き、首筋に噛《か》みつくように口づけた。この男らしくもない行動だ。言葉にはまず毒のある言葉で返すはずなのに。それとも、やはりこんな男でも本当のことを言われると、頭に血が上るものなのか。

その痛みにセシルは唇《くちびる》を噛みしめる。この男のために、声の一つも上げるつもりなかった。

死ぬつもりもだ。

夫以外の者に穢《けが》されるぐらいなら自決を……などというしおらしい考えはセシルにはない。そもそも自分は貞淑《ていしゅく》な貴婦人や妻ではなく、オスカーとともに戦うものだ。

彼はどんなになっても、自分が生きることを望むだろう。

そして彼も……。

「声を出さないつもりかい？　たいしたやせ我慢《がまん》だがねぇ。そこまで、義理立てしてもオスカーはもう君の元には戻《もど》ってこないよ。

彼は死んだんだ。あのバウムーゼの森の戦闘《せんとう》の混乱の中でね。今でも行方《ゆくえ》不明なのが良い証《しょう》拠《こ》だ」

くすくすと耳元で笑う男の嫌《いや》らしい声。セシルは無言を貫き通した。

オスカーは生きている！と心の中で叫《さけ》んで。


「ハロルド卿《きょう》！」

掛けられた声にアルマンは舌打ちし、セシルから身を離した。

「何用だ？」

「ファーレンから急使がやってきたとのことで、陛下がお呼びになられています」

使いの騎士の言葉に、アルマンは笑みを浮《う》かべセシルを見る。

「どんな用事の使者かわかるかい？　セシル」

「…………」

「黙ったままのつもりかい？　まあ、それもいい。

教えてあげるよ。ファーレンの使者はオスカーの首を持ってきたのさ」

衝撃の言葉に、さすがのセシルも青ざめる。そのようすに、アルマンは声をあげておかしげに笑い。

「彼の首をアンジェの城門にかければ、ルネを取り戻したアキテーヌ軍の士気もさすがに下がるだろう。

ああ、そのまえに、ここにその首を運んできてあげよう。オスカーが死んだとはっきり、君も確認《かくにん》することが出来るしね。

我が親友も、首だけとはいえ愛する妻に会うことが出来れば、本望《ほんもう》だろうさ」

アルマンは地下室から、急ぎ玉座の間へと戻った。元々はルネが座っていたはずの椅子《いす》には、今はコーフィンが座っている。背後に背負っている百合《ゆり》の紋章《もんしょう》も、そのうちにアルビオン王家の紋章である海竜《かいりゅう》のものに取り替《か》えられるだろう。

さて、その紋章が取り替えられるまで彼の世が続くかどうか……とアルマンは玉座に座る王の姿を見るたびに、心の中で失笑《しっしょう》するのだが。

深夜とはいえ、待ちに待っていたファーレンからの使者とあって、広間にはコーフィン二世以下、大臣達がそろっていた。皆《みな》、良い知らせに違《ちが》いないと、その顔つきは明るい。

だが、アルマンにはそれが期待した知らせではないとわかっていた。

地下牢まで彼を呼びにきた騎士《きし》が、ファーレンの使者は陸路でやってきたと伝えたのである。

アルビオン軍が押さえている、バルナークの運河からではなくだ。

アンジェの内ならばともかく、街の外は相変わらずアキテーヌ軍が支配している状態が続いている。国境に押し寄せたファーレン軍に対処《ご》するため、そちらに集中しているとはいえ、いやだからこそ、使者が陸路で無事に国境越えをしてこられたのがわからない。

それこそ、オスカーの首など持っていたら、たちまち使者は捕《つか》まり、首を取り上げられ、その口を封《ふう》じられていただろう。

ならば、アキテーヌ軍がファーレンの使者を黙認《もくにん》し、アンジェまで向かわせた理由とは、もしかして……。

「おお、ハロルド来たか」

「遅《おそ》くなりました、陛下」

「お前が来てから、ファーレンの使者と謁見《えつけん》しようとおもってな」

「もったいないお言葉にございます」

玉座のすぐ脇《わき》へと立つアルマンに、大臣達の冷ややかな視線が突《つ》き刺《さ》さる。ここが王の前でなければ、あからさまな中傷の声が聞こえただろう。

『ヴァンダリス殿下《でんか》がお亡《な》くなりになったというのに』

『あの男は生き残って、今度は陛下の御機嫌《ごきげん》取りか？』

頼《たよ》りにしていた一人息子《むすこ》を失ったコーフィンは、今度はその代わりをアルマンに求め、彼がいなければ決済の一つも出来ない有様であった。

アルマンが来たことで、使者が広間に呼ばれる。

使者はヴィーゼンタイトと名乗った。

その名前にアルマンは自分の予感が的中したことを覚《さと》る。ファーレンで二人は直接顔を合わせたことはなかった。しかし、アルマンはこの青年が先のナセルダラン軍との戦いで、友軍としたやってきたオスカーとともに、ファーレン軍の将軍として任についていたことを知っていた。

マリーの息がかかった青年。その彼がやってきたということは……。

長々とした儀礼《ぎれい》的な挨拶《あいさつ》をコーフィンに向かい述べたヴィーゼンタイトは、おもむろにその用件を切り出した。

「先皇帝《こうてい》ヴェルナー三世陛下の崩御《ほうぎょ》を受けて、先頃《さきごろ》玉座につかれたベルトルト陛下でございますが、御崩御なされました」

「な、なんと!」

あまりにも衝撃的な使者の言葉に、コーフィンは玉座から転げ落ちるのではないか?と思われるほど驚《おどろ》き、大臣達も一瞬ざわめいたほどだ。

アルマンもあまり良い知らせではないと予想はしていたが、これほどとは想像はしていなかった。

「陛下、私がかわりに使者殿《どの》にお訊《たず》ねしてもよろしゅうございますか?」

「う、うむ。ハロルド代《か》われ」

「御意《ぎょい》」

衝撃の知らせに言葉も出ないコーフィンに代わり、アルマンが使者に訊《たず》ねる。

「先の皇帝陛下であらせられたヴェルナー三世が身罷《みまか》られて、まだその喪《も》もあけていないと記憶《きおく》しています。そのうえ戴冠式《たいかんしき》も済まされていない陛下がお亡くなりになられたとは、真《まこと》のことなのですか?」

「皇帝陛下は帝国の太陽にございます。それが、お隠《かく》れになられたという知らせを偽《いつわ》ってなんになりましょう？

ベルトルト陛下は次代皇帝を定めず、また皇子を残されることなくお亡くなりになられました。この場合帝国法により、玉座は一時、マティルデ皇太后さまのお預かりとなりました。

その皇太后様の使者として、私は参った次第《しだい》にございます」

「して、そのご用件は？」

「貴国と我が帝国とのあいだに結ばれた同盟と、今回のアキテーヌとの戦《いくさ》において取り交《か》わした条項《じょうこう》を、すべて白紙に戻したいというのが、皇太后様のお言葉です」

「ば、馬鹿《ばか》な！　今さら同盟を破棄《はき》するとは一体なんたることか！」

そう叫んだのは、コーフィン二世。大臣や将軍も一斉《いっせい》にざわめき、そしてアルマンはあごに手を当てて考え込む。

「破棄ではありません。これまでファーレンがアルビオンに対して約束を交わした事柄《ことがら》をすべて、なかったことに致《いた》したいということにございます」

コーフィン二世の狼狽《うろた》えた姿とは正反対に、ヴィーゼンタイトは落ち着いた声と表情で応《こた》える。さすが、同盟の破棄という大任をまかされるだけあり、その口上にはよどみがない。

「これはおかしなことを申される」

アルマンは皮肉に口の端《はし》をつり上げ、微笑《びしょう》を浮かべる。柔《やわ》らかではあるが、その奥に棘《とげ》のある毒を含《ふく》んでいる。

「ファーレンがアキテーヌのバウムーゼの国境を脅《おびや》かした事実。ましてや、貴国に攻《せ》め込んだナセルダランを追い払《はら》うため、友軍としてやってきたモンフォール公に率いられたアキテーヌ軍を、その友軍が帰国する後背を奇襲《きしゅう》した事実は消えはしますまい。

たとえファーレン側が忘れたといっても、アキテーヌ側は覚えているはず。それを今さら無かったことになどできますまい？」

「モンフォール公はこちらの手違いをお許しになって下さいました」

「……今、なんとおっしゃいました？」

「行方《ゆくえ》不明と伝えられていた、アキテーヌの宰相《さいしょう》、モンフォール公でございますが、生きてらっしゃいます。

先日バウムーゼの砦《とりで》において、お目にかかりました。どこにもお怪我《けが》もなく、大変お元気な姿で」

その言葉に、同盟破棄と言われた以上に、大臣や将軍達がざわめく。コーフィン二世はもはや玉座の上で放心状態だ。

唯一《ゆいいつ》、冷静だったのはアルマンだったろう。

やはり生きていたか、ファーレン軍程度にあの男が殺《や》られるわけがないと、その事実を喜ぶ気持ちと、あそこで死んでいたなら余計な手間もかからなかったのにと……そう考える自分の複雑な心情に、内心で苦笑《くしょう》する。

ざわめくアルビオンの廷臣《ていしん》達を見渡《みわた》し、一呼吸おいてヴィーゼンタイトは口を開く。

「もう一つ申し上げれば、ファーレンとアキテーヌの国境に位置するバウムーゼの砦において、リーグニッツ伯率《ひき》いる私軍は大敗。伯自身もモンフォール公によって討《う》ち取られました」

「待たれよ。今、私軍と申されましたな？」

「はい。リーグニッツ伯は、皇帝陛下の許可を得ることなく、無断でアキテーヌ国境へと兵を動かし、モンフォール公に討ち取られたのでございます」

「またまたおかしなことを申されますな。リーグニッツ伯は、ベルトルト陛下の許可を得てアキテーヌと戦ったはず」

「伯が、兵を動かし、友軍であるアキテーヌ軍を襲《おそ》うという同盟違反《いはん》を犯《おか》したのは、ベルトルト前皇帝陛下がいまだ皇太子であり、先の皇帝陛下であられたヴェルナー三世陛下がご存命のとき。

　そのヴェルナー陛下の許しを得ることなく、リーグニッツ伯は挙兵し、バウムーゼの砦まで攻め込んだのでございます。陛下がお亡くなりになり、ベルトルト陛下が仮に即位《そくい》されたのちも、その混乱により伯には正式な出兵許可は出されておりません」

「つまり、リーグニッツ伯は正式なファーレン軍ではないと」

「そのとおりにございます」

　よくもまあ詭弁《きべん》を積み重ねて、ファーレンのアキテーヌ出兵の事実をうやむやにしたものだと、アルマンは内心で呆《あき》れる。

　おそらく使者と会談したオスカーは苦笑しながらも、この言葉を受け入れたのだろう。アンジェにこもるアルビオンと戦わなければならない今、大国ファーレンに言いがかりをつける余《よ》裕《ゆう》などない。むしろ、すり寄ってきてくれるなら好都合と。

そして、今まで表舞台《おもてぶたい》に出ることはなかった、皇太后マティルデという女性に興味を覚えた。

ハノーヴァー夫人といい、ファーレンというのはどうも女のほうが、傑物《けつぶつ》が出るらしい。

「さらに申し上げれば、貴国との同盟も、ベルトルト陛下が皇太子である時に、個人的にこちらの皇太子であるヴァンダリス殿下と結ばれた密約。

ああ、そういえばヴァンダリス殿下のお姿が見えないようですが、どうかなされましたかな？」

そう訊ねられて、玉座で放心状態のコーフィン二世はともかく、居並ぶ大臣達のあいだに緊《きん》張《ちょう》が走る。

ヴァンダリスの死は、大臣や将軍達以外には箝口令《かんこうれい》が敷《し》かれ、一般《いっぱん》の兵士やその中間の将校達にも知らされてはいなかった。知らせることで軍の士気に影響《えいきょう》が出る。また占領《せんりょう》しているアンジェの市民や、その外にあるアキテーヌ軍に知られてはまずいと、アルマンがコーフィン二世に進言したのだ。

「殿下は今、ご都合があり、使者殿の前には出られません」

アルマンは平然と応じ、ヴィーゼンタイトも「そうでございますか。アルビオンの英雄《えいゆう》と名高い殿下に一目お会いしたかったのですが、非常に残念です」と引き下がる。

しかし、アルマンをちらりと見た、彼の目の光に、アルマンは警戒心《けいかいしん》を抱《いだ》く。

この使者はオスカーと会っている。ならばヴァンダリスの姿がここにない事情も知っているかもしれない。

　ヴィーゼンタイトが口を開く。

「さて、ベルトルト陛下がお亡《な》くなりになられた今となっては、今はこちらにいらっしゃらない殿下《でんか》と、どのような約束をされていたのか、我らはあずかり知らぬこと。関係者であるリーグニッツ伯も亡くなっております」

　ヴァンダリスがここに居ない、それを承知しているとしたら、痛いところをついてくる。

「つまりは死人に口無しと、ベルトルト陛下とリーグニッツ伯にこの戦の責任を全《すべ》て押しつけ、あとに残ったファーレンの方々は、知らぬ存ぜぬを決め込むと？」

「そう、とられても仕方ないと申し上げてくれとの皇太后様のお言葉です。

　皇太后様はこれ以上の戦をお望みではありません。帝国は十分に豊かな国であり、あえてアキテーヌと事を起こし、貴重な人命や金を消耗《しょうもう》することはない。アルビオン王におかれても、三国統一を成し遂《と》げ、国名も変えたばかり、なにゆえ急いでこれ以上欲張られるかと、お伝えくださいとのお言葉にございます」

　使者の言葉に、大臣達から「なにを失礼な！」という声もあがったが、アルマンは内心わき上がってくる笑《え》みをこらえた。

　開き直ったうえにお説教とは、やはり皇太后はなかなかの女傑のようである。

　しかし、リーグニッツ伯率いるファーレン軍の大敗はともかく、ベルトルトの死はあまりにも時期が合い過ぎているような気がする。

このアンジェに閉じこめられているも同然のアルマンには、憶測《おくそく》しか出来ないが、しかし、どのような陰謀《いんぼう》が蠢《うごめ》いているかわからない……そういう宮廷の暗部は、どこであろうと同じだろう。

3

ヴィーゼンタイトが驚愕《きょうがく》の知らせを持ってアンジェの宮殿に現れる……その数日前にさかのぼる。

扉《とびら》を叩《たた》きつけるように閉め、新皇帝《こうてい》ベルトルトは憤懣《ふんまん》やるかたないという表情で、私室に入ってきた。

「まったく、どいつもこいつも……」

寄ってきた小姓《こしょう》に、酒を持って来るように命じる。

ベルトルトは追いつめられていた。

皇太后マティルデが、アキテーヌとの戦に反対しているうえに、昨夜はリーグニッツの首が帝都に届けられた。

そのリーグニッツを討ち取ったのは、モンフォール公だという。

黒衣の宰相が生きていた！との知らせに、今までベルトルトについていた廷臣達も、一気に浮《う》き足だった。彼が無事ならば、この戦には勝ち目がないと、早くも皇太后に色目を使う者も出る始末だ。

先ほどの大臣を交えてのマティルデとの話し合いにしても……。

⚜

「モンフォール公が戻《もど》ってきたとはいえ、国王ルネはアルビオン側の人質《ひとじち》なのです。いくら冷《れい》酷《こく》で有名な黒衣の宰相とはいえ、王のいるアンジェを攻《せ》めることは出来ないでしょう」

ベルトルトはことさら堂々と、自分の主張が正しいというように大声を張り上げる。

ファーレンの鷲《わし》の紋章《もんしょう》もまぶしいタペストリーを背後にベルトルトが、そして卓《たく》を挟《はさ》んで反対側に皇太后マティルデが座っていた。その両脇《りょうわき》を大臣達が着座し埋《う》めている。

息子《むすこ》から見れば母の白い顔が、小さく見える。その卓の距離《きょり》、長さが、この親子の関係を表しているようだった。

「それが、ファーレンが出兵する理由になりますか？」

マティルデは息子の恫喝《どうかつ》するような大声にも動じず、冷ややかに告げる。

夫であるヴェルナーが生きていた頃《ころ》には、皇后という立場にありながら、ハノーヴァー夫人の陰《かげ》に隠《かく》れてまったく目立たぬ存在だった女性。離宮《りきゅう》で隠者《いんじゃ》のように暮らしていた……今のマティルデはその控《ひか》えめな様子が嘘《うそ》のように、堂々としており、威厳《いげん》に満ちあふれていた。

「ですから、アンジェにいるアルビオン軍と、ファーレンとでアキテーヌ軍を挟撃《きょうげき》すれば、勝機は十分にあります」

「アンジェからアルビオン軍が出てきますか？

ファーレンがバウムーゼでアキテーヌ軍を引きつけてくれているのを、これ幸いとあちらはあちらで思っているのでは？　今までもそうだったのですから。

リーグニッツ伯爵《はくしゃく》があのような形で亡《な》くなって、あなたも熱くなっているのはわかりますが、これ以上ファーレンの兵を無駄《むだ》に損《そこ》なうことはありません。ここはアルビオンとの同盟を破棄《はき》し、戦《いくさ》には中立の立場をとることを宣言したほうが良いでしょう」

「撤退《てったい》など考えられません！　アキテーヌが揺《ゆ》れている今、ファーレンにとっては、領土を広げる千載一遇《せんざいいちぐう》の機会なのですぞ！」

「モンフォール公が生きているとわかった今、彼がそうたやすくファーレンに勝ちを譲《ゆず》ってくれると思いますか？　悲劇はリーグニッツ伯《はく》の首一つで十分です。

膨大《ぼうだい》な資金と貴重な人命を費《つい》やした結果、なにも得られなかったのでは、話になりません」

「ですから、アルビオン軍と呼応して、アキテーヌ軍を叩けば、勝利は我がものになると申し上げております！」

ダン！と机を叩き、ベルトルトは立ち上がる。

大声と、その巨体《きよたい》が醸《かも》し出す迫力《はくりよく》に、近くにいた大臣達などは思わず身を引いたが、しかし、真正面で睨《にら》み付けられているマティルデは、毛筋ほどの動揺《どうよう》も見せずに口を開いた。

「では、ルーシーやナセルダランはどうするのです？」

「ルーシー？　ナセルダラン？　その二国がどのような関係があるのです」

ベルトルトが怪訝《けげん》な顔になると、「だから、あなたは頭に血が上ってなにも見えなくなっているのです」と微笑《びしょう》する。

「先のナセルダランの侵攻《しんこう》を食い止めたのは、アキテーヌの力もありますが、ルーシーからの援軍《えんぐん》の力も大きかったと聞いています。かの北の大国が動いたからこそ、ゴートにロンバルディア、シュヴィッツの各国も動いたと。

そのルーシーの若き皇帝陛下は、モンフォール公を兄とも慕《した》う間柄《あいだがら》とか。彼が行方《ゆくえ》不明のあいだはさすがにアキテーヌに援軍を送ることは控えていたようすですが、モンフォール公の要請《ようせい》があったなら、あのナセルダランのときと同じく、なにをおいても駆《か》けつけてくるでしょう。となれば、いままで日和見《ひよりみ》を決め込んでいた大陸各国も、同じく雪崩《なだれ》をうってアキテーヌへと味方をすることは目に見えています。これをどうするのですか？」

「……そ、それは」

「それにナセルダランの存在も忘れてはなりませんよ。

目の前のアキテーヌにかかりきりで、背後から襲《おそ》われたとあっては……冗談《じょうだん》にもなりませんね」

「その心配はないでしょう。かの国からの遠征《えんせい》には莫大《ばくだい》な費用がかかります。立て続けの出兵は、いくら潤沢《じゅんたく》なスルタンの懐《ふところ》にも、響《ひび》くことでしょう」

「楽観的すぎる見方ですね。先の侵攻では賢《かしこ》いスルタンは戦わずして退《ひ》きました。つまりは、遠征で率いてきた兵や武装は無傷で残っているということです。

それにナセルダランとファーレンとのあいだにある五国は、いまだかの国へ恭順《きょうじゅん》を示したままです。今、もしもう一度遠征となれば、前のとき以上に速《すみ》やかにナセルダラン軍はやってくることになるでしょう。

そのとき、ファーレンにはどの国が味方してくれるというのです？　アキテーヌ？　ルーシー？　アンジェに籠《こ》もっているアルビオン軍が己《おのれ》の立場を捨てて援軍にきてくれるほど、義理《ぎり》堅《がた》い国だと良いのですが」

マティルデの言葉に、ベルトルトは反論の言葉も思いつかず、苦しげな表情でこの閣議を散会すると、それだけしか告げることは出来なかった。

⚜

「くそっ！」

ベルトルトは叫《さけ》び、傍《かたわ》らにある小さな卓に、杯《さかずき》を叩きつけるように置く。ワインの中身がこぼれて、飾《かざ》り袖《そで》のレースに赤いシミが広がる。

それにかまわず、そばに立つ小姓の手から、ワインの瓶《びん》をつかみ取り、自ら杯になみなみと酒を注《つ》いだ。一気に飲み干す。

口の端《はし》から赤い滴《しずく》がこぼれる。それをぬぐう様は、とてもファーレン帝国の皇帝の品性とは思えないと、見る者が見たら顔をしかめただろう。酒臭《さけくさ》い息を吐《は》き、目を血走らせて宙を睨み付ける様は、場末の酒場で酔《よ》いつぶれる同じ年頃《としごろ》の男と変わりはない姿だ。

「このままですますものか……」

呟《つぶや》く言葉さえ、敗北者めいている。

実際のところ、リーグニッツが死亡した事実はベルトルトに少なからぬ衝撃《しょうげき》を与《あた》えていた。己《おのれ》の代わりに裏で動くことが出来る貴重な片腕《かたうで》を失ったうえに、始末したと思い込んでいたモンフォール公の復活に花を添《そ》える形での、大敗。

その上、あの忌々《いまいま》しい女、マリーを修道院送りにし始末をしたと思ったら、新たな女が彼の前に立ちふさがったのだ。それが、実の母、父の生前は皇后としてのお飾り人形に過ぎないと思っていた、あの控えめなマティルデとは。

彼女の登場に伴《ともな》うように、宮廷《きゅうてい》ではある噂《うわさ》が二つ流れ始めている。

ヴェルナー三世は病死などではない。実は、ベルトルトの陰謀により毒殺されたのだ。

皇太后マティルデはベルトルトを退位させ、二番目の息子《むすこ》であるリヒャルディスに皇位を継《つ》がせたいとお思いである。

両方ともベルトルトにとっては、冗談ではすまされない噂である。

ヴェルナーの死に関する噂は、マティルデが口出しする前からささやかれてはいたことである。しかし、新皇帝《こうてい》となったベルトルトの顔色を皆窺《みなうかが》い、表だって騒《さわ》ぎたるような者はいなかった。

それが、マティルデが宮廷に出てきたことにより、にわかに騒がしくなっている。もともとベルトルトに近しくなかった宮廷人や、なにより腹立たしいことに今までマリーにすり寄っていた貴族達が、今度は新たな主人が現れたとばかり皇太后の脇《わき》を固めているのだ。

もし、ベルトルトがヴェルナーを害したなどという証拠《しょうこ》が出れば、たちまち皇帝位から引きずりおろされ、弟のリヒャルディスが噂通り皇帝位に就《つ》くことになるだろう。

おそらくは自分は廃帝《はいてい》として、その御代《みよ》は記録にも残されず抹消《まっしょう》されるに違《ちが》いない。

――――そんなことになってたまるか！

ベルトルトには生まれながらに皇帝になることを運命づけられた、皇太子としての矜持《きょうじ》がある。今さら弟などに、それをとられてはたまらない。

しかし、ヴェルナーの死に、自分が関《かか》わっているのは事実である。それだけに、この噂は命取りになりかねない。

ならば、先手を打ってマティルデとリヒャルディスを……と思うが、しかし、実の母と弟を、ただ自分の帝位を脅《おびや》かす疑いがある、というだけで始末するのは難しい。謀反《むほん》の確たる証拠があるならともかく……。

このままではマティルデに押し切られる形で、アキテーヌから手を引くことになるだろう。

だが一度でも皇太后の意見を皇帝が取り入れた、などと廷臣達に思われれば、彼らはたちまち自分のほうを向かずマティルデの顔色を窺うようになるだろう。

これでは、マリーに操《あやつ》られていた父ヴェルナーとなんら変わりはない。いや、母親であり皇太后であるだけに始末が悪い。愛妾《あいしょう》が政《まつりごと》を操れば世間の非難が集まるが、しかし賢い皇太后ならば、それは政に対する助言という形で受け取られる。

アキテーヌへの出兵もままならず、邪魔《じゃま》な母親と弟を簡単に始末することも出来ない。しかし、このままでは確実にマティルデが廷臣達を掌握《しょうあく》し、その権力を拡大していくのは目に見えている。

下手をすればベルトルトの皇帝位もあやうい。いや、すでに廷臣達の中にはリヒャルディスにすり寄る気配のものもいるのだ。

次々と浮《う》かぶ悪い考えにベルトルトはじりじりと額に汗《あせ》を浮かべ、そしてまた杯《さかずき》の中の酒を一気にあおる。

ずくんと胸が痛んだ。

息が詰《つ》まる。

かはっと胸の空気をはき出せば、次に吸い込むものがない。いや、吸い込めない。

その苦しさにベルトルトは持っていた杯を床《ゆか》に落とし、そして痛む左胸をわしづかみにした。

もう片方の左手は、助けを求めるように前へ。指は空を切り、その勢いで彼の巨体は椅子《いす》からずり落ちる。転がり、なんとか息を吸い込もうとあえぐが、しかし、口をいかに開こうとも吸い込むことが出来ない。まるで、喉《のど》がなにかにふさがれたように。

胸は張り裂《さ》けそうに痛い。いや、張り裂けるどころか、なにか重いモノで殴《なぐ》られているような痛みが走る。

誰《だれ》か……と思うが、大声を出すこともあえぐ口では出来なかった。

床に転がる、ベルトルトの血走った目に入ったのは、自分のそばに立つ小姓《こしょう》。

今の今まで、その存在を忘れていた彼は、溺《おぼ》れるものが目の前に流れてくる藁《わら》を見つけたかのように、瞳《ひとみ》を一瞬輝《いっしゅんかがや》かせ、手を伸《の》ばした。

しかし、小姓は冷ややかに苦しむ皇帝を見つめ言った。

「陛下が私の両親を殺したというのは真《まこと》の話でございますか？」

ベルトルトは目を見開いた。それは助けがやっと呼べるという希望の表情ではなく、絶望の意味で。

小姓は……最近ベルトルトのそばに仕えるようになった彼は、ツェルプスト子爵《ししゃく》……ハノーヴァー夫人の暗殺計画の首謀《しゅぼう》者として処分され、事実をしゃべらぬようベルトルトの命により口を封《ふう》じられた、その息子だったのである。

しかし彼には、ワインの中毒で死んだとされている両親は、実はハノーヴァー夫人に殺されたのだと、そう暗に匂《にお》わせ、思い込ませてきたはずだ。

誰が一体、この少年に真実を告げたのか？

「私の父も母も、ワインに仕込まれた毒によって死にました。今の陛下のように……」

『まさか……さっきのワインにも……』そう言葉に出そうとしたが、ベルトルトの口はただぱくぱくと開閉するだけで、声どころかもう息を吐く音さえしない。

ベルトルトの意識は闇《やみ》へと呑《の》み込まれた。

小姓であった少年は、それからしばらくベルトルトの遺体をじっと見つめていた。床に投げ出された手に触《ふ》れ、それが氷のように冷たくなっているのを確認《かくにん》して、初めて部屋の外へと知らせに行ったのである。

「大変です！　皇帝陛下が！」


知らせを受けたマティルデが駆《か》けつけたときには、侍医《じい》によりベルトルトの死が確認されたところであった。

ベルトルトは皇帝の寝室《しんしつ》のベッドに寝《ね》かされていた。その表情は苦悶《くもん》の表情に歪《ゆが》み、心臓の弱い貴婦人ならば、死に顔を見るなり倒《たお》れそうな有様だった。

しかし、実の母である皇太后は、その息子の顔を目に焼き付けるかのように、じっと見つめる。

隣室《りんしつ》では、侍従長が小姓を叱責《しっせき》している。

「ニクロット！　本当にお前は陛下がお倒れになったことに気づかなかったのか？」

「はい。一人でワインを楽しまれたいとおっしゃって、私には部屋を出るように命じられました」

「それにしても、隣室に控《ひか》えていたはず。床に倒れられた音に気づかなかったとは」

「それには気づいていました」

「なんだと！　それでどうして！」

「呼ぶまで部屋に入るなと厳命されましたので、しかし、いつまでたってもお呼びがないので、お叱《しか》りを覚悟《かくご》でお部屋にはいりましたところ、このようなことに……」

「それにしても、陛下はあれだけご立派なお体だ。床に倒れたなら、それなりの音はしたはず。それをご命令があったとはいえ、そのままにしておくなど……」

「よしなさい」

部屋に入ってきたマティルデの姿に、侍従長は「お騒がせして申し訳ありません」と深々一礼する。

「ベルトルトは亡《な》くなってしまったのです。過ぎたことをあれこれ悔《く》やんでも、仕方がないことです」

「はあ、しかし皇帝陛下のお亡くなりようには……」

「なにか不審《ふしん》でもあるというのですか？」

「いいえ、それは……」

侍従長が目を伏《ふ》せ、言葉を濁《にご》す。

マティルデは少年に目を移した。

「あなたが駆けつけたときには、すでにベルトルトは事切れていたのですね？」

「はい、皇太后様。陛下はすでに床に倒れられ、息もされておられませんでした」

少年は真っ直《す》ぐ皇太后を見つめ応《こた》える。

「そうですか、下がりなさい」

「はい」

少年は一礼し、退出していった。それをマティルデは見送り、侍従長に告げた。

「そこにあるワインですが、全《すべ》て片づけてください。杯も処分すること、いいですね」

こうして、二代にわたる皇帝の疑惑《ぎわく》の死は、うやむやにされ、人々は数日後には、新皇帝リヒャルディスを歓呼《かんこ》の声を持って迎《むか》えることになる。

その後ろには皇太后マティルデが誇《ほこ》らしげに微笑《ほほえ》んでいた。

⚜

「どうするのだ！　どうするのだ！　どうするのだ！」

コーフィン二世は狂《くる》った鳥のように同じ言葉を繰《く》り返し、愛妾の部屋をうろうろと歩いた。

「まあ、陛下、落ち着かれて」

エミリアが声をかけると「これが落ち着いていられるか！」とコーフィンが怒鳴《どな》る。

「どうするのだ⁉　ハロルド！　あのまま、ファーレンの使者を帰してしまって！」

詰め寄られたアルマンは、「まあ、陛下……」となだめるように微笑《びしょう》し。

「しかし、戦時中においても外交官の出入りは許されるのが大陸の通例です。たとえ敵国の者であっても、使者を害したとあっては、アルビオンは野蛮《やばん》の国だと各国のそしりを受けることになりましょう」

「そ、それはそうだが……」

ファーレンからの一方的な同盟破棄《はき》。そのうえにモンフォール公が生きていたという衝撃《しょうげき》の知らせに、混乱した王と大臣は、使者であるヴィーゼンタイトを捕《と》らえるべし！と息巻いた。

しかし、使者には罪はない。たしかにファーレンの同盟破棄は、大儀《たいぎ》もなく不作法極《きわ》まりないが、大陸の慣習に基《もと》づいて敵国の大使・使者の身の安全は保障されている。それを害せば、アルビオンこそ、礼儀を知らぬ不作法者よと、各国から嘲笑《ちょうしょう》されるだろうと、アルマンが思いとどまらせたのだ。

それでも、ファーレンへは同盟が破棄されて不快だと、意思表示はしなければならない。

ヴィーゼンタイトは王への使者に対する饗応《きょうおう》もなにもなく、即刻《そっこく》、宮殿《きゅうでん》から追い出された。それが、せめてもの意趣返《いしゅがえ》しといえよう。

「使者はあれで仕方ないとして、ファーレンへの報復はどうするのだ⁉」

「今はそんな場合ではありません。

ファーレンの使者はモンフォール公と会ったようです。当然、ファーレンがアルビオンとの同盟を一方的に破棄するとの話は、耳に入っているでしょう。となれば、後ろのファーレンの心配がなくなった黒衣の宰相殿《さいしょうどの》としては、こちらに兵を集中させることになるでしょうな」

「そ、それだ！　人質《ひとじち》であるルネ王はもう居ないのだぞ！　あの黒衣の宰相を止めるものなど、なにもない！」

「ご安心ください。

その代わりに、妻であるセシルの身柄《みがら》をこちらは押さえております。

あの厳格な宰相にも弱点はございましてな。ファーレンから迎えた元女皇帝《おんなこうてい》の娘《むすめ》を溺愛《できあい》していると評判です」

そうアルマンが告げると、とたんにコーフィン二世はホッとした顔になる。

「なるほど、ヴァンが夢中になったほどの美形だ。あの宰相も惚《ほ》れ抜《ぬ》いていておかしくはない。最愛の女の命がかかっているとなれば、その矛先《ほこさき》も鈍《にぶ》るというものよ」

「御意《ぎょい》にございます」

自分がエミリアに夢中なコーフィン二世は、そう思い込みたいようだが、しかしアルマンは、オスカーがそんなに甘い男ではないことを知っていた。

たとえ、愛《いと》しいセシルが人質であろうとも、あの男は公人として動くはずだ。王であるルネが人質ならばともかく、一公爵夫人である自分の妻の身柄など意に介《かい》さず、アキテーヌ軍をこのアンジェに向かわせている頃《ころ》だろう。

「そ、そうじゃ！」

コーフィン二世は、なにか良いことを思いついたとばかりに、大声をあげる。

「そのセシルの身柄と引き替《か》えに、我らが無事アルビオンまで撤退《てったい》できるように、モンフォール公に交渉《こうしょう》してはどうだろうか？」

この発言にはさすがにアルマンも内心驚《おどろ》いた。

確かにいま撤退するのは賢《かしこ》い選択《せんたく》の一つではある。アルビオンが退《ひ》くとあらば、オスカーもその条件を呑《の》むだろう。無理に力押しするよりもよほど損害が少ないやり方ではあるし、なにより愛しいセシルの命も助かるのだ。

しかし、アルマンにとってはそれは大変ありがたくない選択だ。

「陛下、今、軽々しく撤退の言葉など口にされては兵の士気も下がりましょう。

それは最終手段として、アキテーヌ軍がアンジェの目の前に来てから考えても、遅《おそ》くはありますまい？」

「し、しかし、ファーレンとの同盟が破棄されたとあっては、アルビオン一国で戦うのはいささか心許《こころもと》ない。

ここは国に戻《もど》り、再起を図《はか》ったほうが……」

頼《たよ》りにしていたヴァンダリスを失ったと思いこみ、今度はファーレンとの同盟も一方的に破棄された。そのことで、もともと気弱なコーフィン二世は、早くも戦《いくさ》が嫌《いや》になり国に逃《に》げ帰りたいと、里心がついているらしい。

しかし、今さらアルビオンに戻ることなど、アルマンには出来ない。

もし、今帰ればヴァンダリスと鉢合《はちあ》わせする可能性がある。

ルネ達と共に逃げたヴァンダリスだが、当然、彼らとともにいるだろう。その扱《あつか》いは、捕虜《ほりょ》に違《ちが》いないが……しかし、事情を聞いたオスカーがそのヴァンダリスをセシルとの人質交換《こうかん》の駒《こま》として使うことは考えにくい。

となれば、始末をするのか、それともそのまま虜囚《りょしゅう》として連れ歩くのか、もしくは……。解放するのか。

あの男の性格からして、一番最後の選択が、もっとも考えられる選択だ。人質として用をなさないならば、ずるずるとは引きずらない。冷酷《れいこく》と言われてはいるが、無駄《むだ》に人を傷つけ殺すようなことはしない男だ。

となれば、ヴァンダリスを結局解放するしかないだろう。ラルセンを失い意気消沈《しょうちん》としているあの王子様が、父王に見捨てられたと絶望してシュヴィッツあたりに亡命してくれれば、都合が良いが……。

もしアルビオンに帰って来たとしたら、大変まずいことになる。

あの王子はコーフィン二世ほど、凡庸《ぼんよう》でも愚《おろ》かでもない。二度とはアルマンの詭弁《きべん》に騙《だま》されてはくれないだろう。

もちろん、自分の立場が悪くなる前に逃げることぐらいは、アルマンにとって簡単なことである。

しかし、逃げてどうするのか？

アキテーヌのリシュモン伯爵《はくしゃく》としての自分は、一度死んでいる。

偽《いつわ》りの仮面である、ハロルド・ネヴィル——黒鷲卿《くろわしきょう》の名など、服を着替《きが》えるようにたやすく捨てられるが……。

しかし、三度目はないだろう。二度主人を裏切ったという烙印《らくいん》は消えず、表舞台《おもてぶたい》に立てぬ身になることは明白だ。

裏で暗躍《あんやく》して生きることは出来るだろう。しかし、それはアルマンの目指す道ではない。

自分の望む道は……。

「なあ、そう思わぬか？　ハロルド。

アキテーヌなどいつでも攻《せ》め込むことは出来る。ここはアルビオンに戻って……」

いつでも攻め込めるとは剛毅《ごうき》な台詞《せりふ》だが、上目遣《うわめづか》いに自分を見るコーフィン二世の目は、まるで親を窺《うかが》う子供のように弱々しい。

「陛下、撤退は戦の最後の手段にございます。ここはよくお考えになってください」

答えながら、アルマンは後ろのエミリアに目配せする。すると、まるで操《あやつ》り人形のネジが巻かれ動き出したかのようにエミリアは、コーフィン二世に駆《か》け寄り。

「そうですわ、陛下。ハロルド卿《きょう》の言われるとおり、撤退などアキテーヌ軍が目の前に来てから考えること。

だいたい、戦わずして逃げるなど王者の戦いとは思えませんわ」

「わ、儂《わし》は逃げるとはいっておらんぞ、エミリア！

一旦《いったん》、アルビオンへ退くと申しておるのだ」

「ならば、なおさら急いでは、アルビオンの王は、黒衣の宰相が怖《こわ》くて国に逃げ帰ったとの噂《うわさ》にもなりかねません」

「逃げ帰るなど！　わ、儂は！」

「王様が勇気あるご立派な方であることは、このエミリアがよく存じております」

大きな声をあげたコーフィン二世に、エミリアが責める口調から一変、猫撫《ねこな》で声で甘えるように胸にもたれかかれば、「う、うむ。そうか」と王は鼻の下を伸《の》ばす。

「ですから、アルビオンに帰るにしても、王者の風格漂《ただよ》わせゆったりと、毛筋ほども相手に逃げたなどと思わせない、堂々たる撤退ぶりをお見せなさいませ。

そのためには今は、帰る時期ではございませんわ」

「う、うむ。そうだな」

コーフィン二世はまだ納得《なっとく》出来ないという様子ではあったが、愛妾《あいしょう》に甘い声で迫《せま》られ、流されるようにして頷《うなず》いた。

「陛下、このハロルドに一つ、策がございます」

アンジェに留《とど》まることに同意したとはいえ、気弱なコーフィン二世のことだ。またいつ撤退のことを言い出すかわからない。アルマンがそれに反対し続ければ、ヴァンダリスが居なくなり頼りにされている寵愛《ちょうあい》も薄《うす》れ、他の大臣にそのことを言い出すかもしれない。

今しばらくは操り人形としてこの王には役に立ってもらわねば困る。

そのためには、策を弄《ろう》していると見せかけて、それがアキテーヌ軍の足を鈍らせていると、思わせる必要があった。

「実は、今、セシル公妃《こうひ》とともに、我がほうにて捕《と》らえているエーベルハイトの公女のことにございますが……」

✥

「なんじゃと！」

その一言を部屋に訪ねてきたアルマンに告げられると、マルガリーテは目を丸くして声を上げる。

彼女の閉じこめられている部屋は、白の館《やかた》ではなく王宮の中。本宮殿の一室であった。客間として使われていたそこは、王の部屋とは比べものにはならないが、立派な調度で満たされている。

小国であっても、マルガリーテは国主であり、由緒《ゆいしょ》正しきエーベルハイトの大公女である。その彼女の立場に、アルビオン側も配慮《はいりょ》したということだ。

「この私をコーフィン二世殿《どの》の、愛妾の腹の子と娶《めあわ》せると？」

「そう申し上げましたが？　大公女様」

アルマンはあくまで慇懃《いんぎん》無礼に彼女に言う。

マルガリーテは顔を真っ赤にして怒鳴《どな》る。ただし、恥《は》じらいではなく、怒《いか》りに。

「腹の子と申したな！」

「はい」

「それでは産まれてもない赤ん坊《ぼう》と、このわたくしに結婚《けっこん》せよと申すのか！　その子が女の子だったらどうする！」

「そのときは、陛下の次のお子と。

ご愛妾エミリア様はまだお若くてらっしゃる。いや、王の子を産むのはなにも一人の女性に限ったことではありませんからな」

つまり、いつか産まれる男子と、マルガリーテを婚約させるというのである。

マルガリーテの握《にぎ》りしめた拳《こぶし》はわなわなと震《ふる》え、しかし小さくとも大公女の威厳《いげん》は崩《くず》さぬとばかり、アルマンをねめつけて、威嚇《いかく》するような低い声で言う。

「わたくしが、アキテーヌ王ルネの婚約者と知っての暴言か？」

「暴言などとんでもない！　それに、アキテーヌのルネ王とのご婚約はすでに解消されました」

「解消!?　そのようなこと誰《だれ》が決めた！」

「姫《ひめ》様の代理にて、我がアルビオンの使者が、今はアンジェを出られておられるルネ王のもとへと参りました」

「すでに使者は出たと申すか!?」

「はい」

「……勝手なことを！」

マルガリーテは今度こそ怒りを爆発《ばくはつ》させて叫《さけ》ぶ。

「そのような流言で、アキテーヌの陣中《じんちゅう》にいるエーベルハイトの者の心を乱そうと思ってもそうは行かぬぞ！」

「流言ではありません。これは正式な婚約です」

「黙《だま》れ！　アルビオンの狐《きつね》の戯言《たわごと》など、本気にする馬鹿《ばか》はアキテーヌには一人もいないと申しておるのだ！

私といつか産まれてくるだろうアルビオンの王子との婚約を発表して、アキテーヌとエーベルハイトの分裂《ぶんれつ》を狙《ねら》っておるのじゃろうが、そうはいかんぞ！　ファンもサラヴァントも、その方の策略に乗るような馬鹿ではない！」

「さすが、小さくてもエーベルハイトの国主でいらっしゃる。

馬鹿な大人を相手にしていると説明になかなか疲《つか》れる。大公女様のような賢《かし》い方とお話すると気分がほぐれます」

「からかうではない！」

余裕《よゆう》の表情で不敵に微笑《ほほえ》むアルマンに、マルガリーテは歯がみする。

囚《とら》われの身の己《おのれ》の状況《じょうきょう》では、ここでこうやって叫ぶのが精一杯《せいいっぱい》で、どうする力もないのだ。

「賢い公女様の騎士《きし》達もまた賢いことは、よく存じておりますとも。

だが、その他の者はどうですかかな？　純朴《じゅんぼく》な山国の民《たみ》達は、あなたと我が国の王子との婚約が発表され、アキテーヌがそれにかまわずアンジェに侵攻《しんこう》したとなれば、モンフォール公がエーベルハイトを見捨てたと、そう思う者も出てくるのではないですかな？」

「それは……」

マルガリーテは言葉に詰《つ》まる。

婚約破棄《はき》の話を聞いても、まさかマルガリーテがこのことに賛同して、アルビオンの王子との婚約を受けたとは、誰も思わない。むしろ、無理強《むりじ》いをされた、もしくは人質《ひとじち》である自分はまったくこのことを知らされずに、アルビオン側が勝手に画策したことと、人々は哀《あわ》れな公女に同情するだろう。

その同情が怖い。もともとこの戦《いくさ》はアキテーヌとアルビオンの戦。エーベルハイトは同盟国とはいえ関係はない。ルネの婚約者とはいえ、一国の国主である自分をアルビオン側が害せば、大陸各国からの非難は必須《ひっす》。そういう意味ではマルガリーテの身は安全なのだ。

しかし、アルマンの言葉どおり、状況が見えているファーンやサラヴァントならばともかく、傭兵《ようへい》暮らしをしていたとはいえ純朴な山の民であるエーベルハイトの兵達は、そうは思わないだろう。

モンフォール公が兵をアンジェに進めれば、もしやうちの姫様を見捨てるつもりか⁉と不安に思うかもしれない。それが、アキテーヌ軍とは一緒《いっしょ》に戦えない！と言いだし、最悪、アンジェへの進軍を止めろ！などという反乱につながったら……。

モンフォール公率いるアキテーヌ軍が、いくら強兵を誇《ほこ》るとはいえごく少数のエーベルハイトの傭兵達にしてやられるような可能性は考えにくい。ファーンやサラヴァント達上官も止めに入ることはありさえすれ、自ら先頭に立って部隊を率いることもないだろう。

しかし、もし反乱が起こり、モンフォール公がこれを武力で抑《おさ》えたなどという話になれば、エーベルハイトとアキテーヌとの溝《みぞ》は決定的になる。少なからず軍の士気にも影響《えいきょう》は出るだろうし、アンジェ攻略も、反乱を治めるのに手間取ればそれだけ遅《おそ》くなることになる。

「そ、そのような姑息《こそく》な手段で、エーベルハイトとアキテーヌの仲を引き裂《さ》こうとしても、そうはいかんぞ！

それに、モンフォール公は確実にこのアンジェへとやってくる。お前がどんな小細工をしようとな！」

「とにかく、知らせの使者は昨日発《た》ちました。アキテーヌ王に謁見《えっけん》し、婚約破棄のことを伝えるでしょう」

つまりはマルガリーテの意思など関係なく、話は進んでいるのだとアルマンは告げ、部屋を立ち去ろうとする。

「待て！」

「まだ、なにか？」

「セシルはどうしておる？」

「大公女様と御同様《ごどうよう》、私たちのお客人として、この宮殿《きゅうでん》に御滞在《ごたいざい》して頂いておりますよ」

「なにもしてはおらぬだろうな？」

マルガリーテ以上に、セシルはモンフォール公に対する大切な切り札だ。まさか、命は奪《うば》われてはおるまいと思う。

しかし、自分にこのようなことを仕掛《しか》けてくる男のことだ。まさか、セシルにまでよからぬことをしてはいないかと、心配になる。

「なにをするというのです？」

「身体《からだ》を傷つけたりはしておらぬか？　と訊《き》いておるのじゃ！」

「とんでもない！　姫様と同じく大切なお客人。ご婦人にそのようなことはいたしませんよ」

曖昧《あいまい》に微笑んで、アルマンは立ち去った。

「セシル……」

小さな赤い唇《くちびる》をきゅっと噛《か》みしめて、マルガリーテはその名を呟《つぶや》いた。

4

バルナーク。

港町ベスザとその周囲を取り囲む山だけの小さな領土ではあるが、西大陸有数の貿易港としてこの国は栄えてきた。

その国が突如《とつじょ》争乱に包まれたのは、つい先日のことだ。

なんの予兆も、宣戦布告さえなく突如アルビオンの艦隊《かんたい》が海を渡《わた》り、攻《せ》め込んできたのだ。

バルナークにも軍隊はあるにはあるが、しかし、アルビオンの大軍に抵抗《ていこう》する力などはなかった。たちまち、ベスザの港は占拠《せんきょ》され、小高い丘《おか》の上に立つ大公の館《やかた》が陥落《かんらく》するまで、一日と保《も》たなかった。

小国とはいえ、バルナークがこれほど無防備だったのには理由がある。ベスザは貿易港であり、軍港のような防衛に関する備えは万全《ばんぜん》ではなかったこと。

そして大国アキテーヌの庇護《ひご》の下《もと》、まさか、余所《よそ》の国が攻めてくるなどということが、考えられなかった。これが最大の理由である。

たった〝半日〟でバルナークを陥落させたアルビオン軍の目的は、この小国ではなかった。正確にいえば、ここからアンジェへと続く運河。それが目的だったのである。

バルナークからの商船を装《よそお》った船は、積荷ではなく、アルビオンの兵士を満載《まんさい》してアンジェへと向かい、あの花の王都を占拠したことは、今や大陸中の知るところだ。

その占領下のバルナークではあるが、港町ベスザはいつもの……とは言えないが、とりあえずは人の往来があり、各国の船の入港も変わらず続いていた。もし遠くの二つの地を同時に見ることが出来る者がいたなら、昼間でも人っ子一人歩いていないアンジェの静寂《せいじゃく》とは裏腹のバルナークの平常ぶりには驚《おどろ》いたことだろう。

アルビオン側は、バルナークを占拠し、その領主である大公は幽閉《ゆうへい》したが、街の人々には外出を禁じることはなく、港の出入りも検問はあるものの自由に許したのである。西大陸有数の貿易港を、防衛の為《ため》などといって閉《と》ざせばどれほどの損失になるか、商人の国であったエンスデルを合併《がっぺい》したアルビオン側にもよくわかっていたのだ。

もっとも、古い考えで凝《こ》り固まったログリス人の将軍や大臣達は、戦時に港を開き商売などとんでもない！　港の入り口を鎖《くさり》で封鎖《ふうさ》して、敵軍に備えるべきだ！と主張して、止《や》まなかったのだ。

それを押し切りあえてバルナークをそのまま開港させておいたのは、ヴァンダリスである。

――まったく、なにがどう幸いするかわからない。あの判断が、こんなところで役に立つとは思わなかったな……。

ゴート船籍《せんせき》の商船の甲板《かんぱん》にて、ヴァンダリスは近づくベスザの街並みを眺《なが》めながら、心の中でそう呟く。

アキテーヌからゴートへ。ゴートから、バルナーク行きの商船を見つけ、頼《たの》み込んで乗せてもらった。バルナークに入るまで、自分が生きていることは伏《ふ》せたかったため、アルビオンのツテは使えず、かなり苦労はしたが。

船を歓迎《かんげい》するかのように飛び交《か》うカモメ。その数の多さに、隣《となり》にいたジュールが歓声を上げる。

「すごいですね。帆《ほ》にぶつからないか心配になります」

ヴァンダリスに対し初めの頃《ころ》こそ緊張《きんちょう》していたジュールだったが、一緒に旅するうちにだいぶうち解けていた。

「今まで、そんな間抜《まぬ》けなカモメを見たことはないからな。上手《うま》く避《よ》けているのだろう」

ジュールのこの年頃の少年らしい無邪気《むじゃき》さは、ヴァンダリスにとって、旅のあいだ、ともすれば落ち込みそうになる気持ちを紛《まぎ》らわせてくれ、ありがたかった。

「しかし、一度バルナークへは来たはずだ。そのときは見なかったのか?」

「私は人の目に触《ふ》れぬよう、部屋に閉じこもっておりましたから」

「なるほどな」

以前、ヴァンダリスとジュールがこのベスザを訪《おとず》れたときは、同じ船に乗っていながら、二人は顔を合わすこともなかった。

そう、ヴァンダリスは大陸進出への野望を秘《ひ》め、手始めにこのバルナークを揺《ゆ》さぶろうと、あのアルマンと企《たくら》みを巡《めぐ》らせ……そして、この横に立つ少年はそのための駒《こま》でしかなかったのだ。

ジュールはジュールで、アルビオンのため、自分が騎士《きし》となるためと信じて、アルマンに教えられ、操《あやつ》られるがまま、偽《にせ》ローゼンクロイツとして、ベスザの夜を騒《さわ》がせた。

あの頃から比べて、自分たちとそれを取り巻く状況《じょうきょう》はどれほど変わってしまったか……近づく港を見つめる二人の瞳《ひとみ》は、同じ憂《うれ》いの色を浮《う》かべていた。


夜半……。

ゴートの船に別れを告げ、下船した二人はベスザの街へと向かった。

「おい！　お前達！　どこへ向かう？」

占領中とはいえ、港が開かれているため、それなりににぎやかなベスザの大通りから外れて、裏通りに入ったとたん、アルビオンの兵士に声を掛《か》けられた。

自由に貿易は許しているが、それに乗じてアキテーヌの間者が紛れ込む可能性がある。船員やその船に乗ってやってきた乗客の行動は厳しく制限されていた。港、宿や酒場がある繁華街《はんかがい》から道をそれれば兵士が飛んで来ることを、ヴァンダリスは承知していた。

その指令を下したのは自分なのだから。

「私は、ワールスに会いに行くのだが？」

「それは、ボーンレラム子爵《ししやく》様のことか！」

「ああ、そうともいうな」

「子爵様は俺の上官だ！　直接お仕えしてる方でもある！　それを呼び捨てにするなど！」

息巻く兵士にヴァンダリスはくすくすと笑う。

「相変わらず、威勢《いせい》が良いことだなホビー」

「なっ！　なんで俺の名前まで……」

ヴァンダリスが振《ふ》り返ると、兵士の表情が驚愕《きようがく》のそれに変わる。

「でっ！」

「しっ！　ホビー、頼むから大きな声は出さないでくれよ」

ワールスはヴァンダリスの幼い頃の遊び相手であり、ホビーはそんな彼にいつもくっついていた小姓《こしょう》であったのだ。

今回の戦《いくさ》でも、その主人に従って、兵としてやって来たというわけだ。

「しかし、どうしてアンジェにいる殿下《でんか》がこのバルナークに？」

「その分だと、私が死んだという知らせは伝わっていないようだな？」

あのハロルドのことだ。偽の死体でも用意して、自分が死んだことにするに違《ちが》いないとは思っていたが……。

しかし、よく考えてみれば、今のアルビオン軍の状況からすれば、自分の死をおおっぴらに公開するわけにはいかないだろう。

なにしろ、人質《ひとじち》となっていたルネを逃《に》がし、そのうえ……もう、あの黒衣の宰相《さいしょう》が生きているという知らせが、耳に入った頃だろう。

そこに、アルビオンの英雄《えいゆう》と讃《たた》えられた、皇太子という柱を失ったと、敵軍に知られるのはまずい。いや、味方の兵士達も知れば、士気に関《かか》わるだろう。

「し、死んだ!?　殿下がでございますか？」

「そう、アンジェでは恐《おそ》らく私が死んだということになっているだろうな。その知らせはバルナークにも来ていると思ったのだが」

「ああ、そういえばワールス様のご様子が、ここ数日おかしかったのは、そのせいでございますか!?」

普段《ふだん》は元気すぎるほど元気な主人がたいそう落ち込んでいることが、ここ数日のホビーの気がかりだったという。

「心配事があるのですか？とお聞きしましたら『お前に話すことは出来ないのだ』とおっしゃられて……」

「なるほど、上のほうには知らせが来ているということだな」

うなずき、ヴァンダリスはくすりと笑う。

「しかし、あれだけ勢いの良い男が落ち込んでいるとは、なにやら見てみたい気分だな。やはり奴《やつ》はアンジェに連れて行かなくて正解だった。

あの猪武者《いのししむしゃ》のことだ。今頃、宮殿は大騒《おおさわ》ぎになっていたことだろう。

お前の陰謀《いんぼう》だろう！とハロルドに食ってかかる姿が目に浮かぶ。

昔気質《かたぎ》のログリスの騎士であるワールスは、ハロルド・ネヴィルことアルマンを『小細工を弄《ろう》する狐《きつね》』ととことん嫌《きら》い抜《ぬ》いていた。

ヴァンダリスにも『あのようなものを飼っていれば、いつか手ひどい目に遭《あ》いますぞ！』と幼なじみの気安さで言うものだから、つい最近は遠ざけていた。

しかし、今となってみれば、それもあのアルマンの巧《たく》みな誘導《ゆうどう》であったことに気づく。

自分に大陸への憧憬《どうけい》を植え付け、古いもの、ログリス風のものを嫌うようにし向けたのだ。自然、旧臣達、古参の大臣達とのあいだに溝《みぞ》をつくるような形となり、彼らの意見や意思をヴァンダリスは無視した。

彼らの意見にもう少し耳を傾《かたむ》けていれば……などと、過ぎたことを後悔《こうかい》しても仕方のないことである。

「ワールスに会いたい。それも誰《だれ》にも知られずにな。呼び出してはくれないか？」

「は、はい。旦那《だんな》様なら殿下がお呼びと申し上げれば、すぐにでも飛んでくるでしょう。しかし、なぜ生きていらっしゃることをお隠《かく》しになるのですか？」

不思議そうに問うホビーに、ヴァンダリスは苦笑《くしょう》しながら「事情があってな」とごまかした。

⚜

ホビーから知らせを受けたワールスは、すぐに飛んできた。

「ここに来るまでに、誰かに見られなかったか？」

「はい。それはご命令どおりに」

ベスザの宿屋の二階。一階の酒場の喧噪《けんそう》が、ここまで聞こえてくるが、しかし、そのほうが話はしやすい。

ワールスはホビーからの知らせで大体の事情は察したのか、たった一人でやってきた。その格好も目立つアルビオンの軍服や、貴族の服装ではなく、どこから引っ張り出してきたのか、商人風の格好。これならば、港町ベスザならば別段目立つ格好ではない。

余人を交えるなとヴァンダリスが命じたのに、その彼の横に見知らぬ少年の姿があることに、ワールスはちらりと視線を向ける。

ヴァンダリスは「ああ」と何気ない顔で、ジュールを見やり、次にワールスのほうに向き。

「お前は知らなかったな。ジュール、私の小姓だ。いずれは近衛《このえ》の騎士となるだろう」

「よろしくお見知りおき下さいませ。ボーンレラム子爵様」

その紹介《しょうかい》にジュールが頬《ほお》を紅潮させて一礼する。ワールスも「よろしくジュール殿《どの》」と、自分の見習い騎士の頃《ころ》でも思い出したのか、柔《やわ》らかな眼差《まなざ》しで見る。

「しかし、お前がそんな格好で来るとは思わなかったな」

大男ひげ面《づら》のワールスには、あまり似合う格好とはいえない。それ以前に、騎士の誇《ほこ》り、騎士の誇りと日頃連呼しているこの男が、商人の格好をするなど。

思わず吹《ふ》き出すヴァンダリスに、ワールスは顔をしかめ。

「からかわないでください、殿下。これでも知恵《ちえ》を絞《しぼ》ったのです」

「ああ、笑ったりしてすまない。

私が生きてこのバルナークにいることは、メーフォルンには伏《ふ》せておきたい」

「総督《そうとく》にですか？」

アルビオン占領下《せんりょうか》のバルナークを統括《とうかつ》しているのは、メーフォルンというエンスデル出身の元商人だ。

先のエンスデル併合《へいごう》戦の時、ハロルドの紹介で、アルビオン側に協力して戦った。その功績により、廷臣《ていしん》に取り立てられている。

「あれに知られれば、すぐさま総督府からこの宿に大げさな迎《むか》えがやってくるだろうさ」

「さぞかし、大仰《おおぎょう》に出迎えてくれると思いますよ。それこそ、東大陸のパガンの太守《マハラジャ》の出迎えのごとく、殿下の歩く道に花でも散らしそうだ」

ログリスの旧臣達は、メーフォルンのことを〝口先だけで上手《うま》く立ち回った、裏切り者〟と陰口《かげぐち》を叩《たた》く者も多い。ハロルドの息がかかったエンスデル人ということもあるのだろう。ワールスも、メーフォルンを嫌う一人だ。

その彼が、総督であるメーフォルンの下で働かなければならなかったのだから、よほど我慢《がまん》の連続だったのだろう。憤懣《ふんまん》やるかたないという表情で、腕《うで》を組み。

「なにしろ、総督閣下に置かれては、総督府にて王侯《おうこう》のような豪奢《ごうしゃ》な暮らしを為《な》されていますからなあ。殿下が参られたとあっては、それ以上にもてなして下さるでしょう」

総督府とは、旧バルナークの当主の館《やかた》。それをそっくりそのまま利用しているものだ。

「メーフォルンはそんな派手な暮らしをしているのか？」

「そりゃもう、連日、取り巻きを呼んでのらんちき騒《さわ》ぎで。酒や豪奢な料理はむろんのこと、ベスザの酒場の酌婦《しゃくふ》達まで呼んで、朝まで戯《たわむ》れるような始末。

当然、総督府の仕事など部下にまかせっきりで、陛下や殿下が居ないのをいいことに、自分がバルナークの王にでもなったつもりなのでしょう」

「ならば、私などには来て欲しくないだろうな。そんな暮らしを譲《ゆず》り渡《わた》さなければならないわけだから」

ははは……とワールスは声をあげて笑い。

「メーフォルンが内心で悔《くや》しがる顔が目に浮《う》かぶようですな。堂々と明日、総督府に行かれると良いです。いくら奴が嫌《いや》でも、殿下を歓迎《かんげい》しないわけには行きますまい」

「まあ、表面上は歓待してくれるだろうがな。そのあとが怖《こわ》い。

こちらにバルナークの権限を渡すつもりなど、メーフォルンにはないだろうからな」

「それはどういう意味ですかな？」

ワールスがとたん険しい表情となる。皇太子である彼に、総督がその座を譲らないなど、それは……。

「言葉通りの意味だ。

良くて幽閉《ゆうへい》か、悪くてその場で暗殺されるか。メーフォルンはそのつもりだろう」

「なっ！　どうしてメーフォルンがそのように大それた……」

「……私に今さら生き返ってもらっては困るからだ。メーフォルンだけではない。それを仕立て上げた、アンジェにいる人間達もな」

「それはまさかあの狐でございますか？」

「それも含《ふく》まれるな」

ヴァンダリスは、曖昧《あいまい》な微笑《ほほえ》みを浮かべる。

策を考えたのはたしかにあの男、アルマンだろう。しかし、その策を使うことを許したのは……。

「私の死の知らせはどのように入ったのだ？」

「はい。殿下がお亡くなりになったという、その翌日にはアンジェからの使いが参りました」

ワールスは、エイリーク将軍がヴァンダリスへの個人的な怨《うら》みから、自分の部隊を使って襲《おそ》い、暗殺したという話を聞いていると述べた。また、エイリークは即刻《そっこく》捕らえられたが、押し込められた宮殿《きゅうでん》地下の井戸《いど》で自殺したと。

「エイリークは口を封《ふう》じられたな」

「自殺ではないのですか？　では、殿下を襲ったのはあのエイリークではないと？」

「いや、奴にあらぬ誤解を受けて襲撃《しゅうげき》されたのは事実だ」

今度はヴァンダリスが手短に事情を語る番だった。

話をすべて聞かぬうちにワールスはうなるような声をあげる。

「うぬぬ……まったく卑怯《ひきょう》な狐め！　殿下！　急ぎ、アンジェへと向かい、あの男の悪事をすべて暴《あば》いて、化けの皮をはがしましょうぞ！」

「ことはそう単純にはいかぬのだ、ワールス。

アンジェに戻《もど》ればあのハロルドではなく、私は父と対決しなければならなくなるかもしれない」

「陛下と!?　それは一体どういうことです?」

「言ったはずであろう？　私に生き返ってもらっては困る人間がいると」

ヴァンダリスは複雑な笑《え》みを浮かべ、ワールスがこれ以上はないというほどの驚《おどろ》きの表情で目を見開く。

「……まさか陛下がそうだと？」

「エイリークが私を襲ったときに言った。これは、王命によるものだとな」

「そんなことをお信じになるのですか⁉　すべてはあの狐《きつね》の策略に決まっております！　陛下も騙《だま》されているのです！」

「私もそう信じたい」

ワールスの言葉に、ヴァンダリスは苦い微笑《びしょう》を浮かべ。

「だが、アンジェに戻ることは時期尚早《しょうそう》だ。まずは、このバルナークをあの狐の手から取り戻さなければならない。

手伝ってくれるか？」

「殿下の御意《ぎょい》のままに」

ワールスはうなずいた。

⚜

翌日の早朝。

総督府に二人の騎士《きし》が現れた。ヴァンダリスとジュールである。

「ドーンからの使いである。総督に直接お目にかかって報告したい」

ヴァンダリスは〝わざと〟門番に自分の名を名乗らなかった。横にいるジュール共々、マントをすっぽりと被《かぶ》り、顔も隠《かく》している。

「王都から？　しかし、今朝はドーンからの船は来なかったはずですが？」

門番は顔を隠した二人を訝《いぶか》しみ、当然通してはくれない。

しかし、ヴァンダリスが無言で羽のある獅子《しし》の紋章《もんしょう》が浮き彫《ぼ》りにされた指輪を目の前に掲《かか》げると、とたん顔色が変わり「し、失礼しました！　お通りを！」と脇《わき》に退く。

アルビオン王家の紋章といえば、海竜《かいりゅう》ではあるが、翼《つばさ》ある獅子は王もしくは、その王位継《けい》承者《しょうしゃ》自身の紋章として使われてきた。そして、その紋章を持つものは王の使者、もしくは王家直系の使者として、アルビオン内では、その王や王子と同様に遇《ぐう》しなければならないというしきたりがあった。

指輪は前日、ワールスから借りたものだ。ヴァンダリスが遊び相手だった彼に気まぐれに与《あた》えた物だが、あの忠義者はそれをお守りとして、肌身《はだみ》離《はな》さずもっていた。

指輪の効果はあらたかで、すぐに総督であるメーフォルンに会うことが出来た。

通された部屋は、かつてはバルナーク大公が使っていた、今は総督が使っている書斎《しょさい》であった。

さすが貿易国として栄えた国の領主の部屋とあって、そこは贅《ぜい》を極《きわ》めている。飴色《あめいろ》の光沢《こうたく》を放つ机は、蔓草《つるくさ》の浮き彫りのうえに金箔《きんぱく》が貼《は》られ、象牙《ぞうげ》細工の白百合《しらゆり》が咲《さ》き誇っている。その後ろにかかっている西大陸、東大陸を描《えが》いた地図は、なんとオパールやサファイヤ、ルビーなどを細かく砕《くだ》き、ちりばめた宝石で大陸や海が描かれている。

招かれたヴァンダリスとジュールが踏《ふ》みしめている絨毯《じゆうたん》も、東大陸ナセルダラン渡りの金糸銀糸を織り込んだ豪奢なもの。

「ドーンからの使いだと聞いたが、どのような御用《ごよう》ですかな？」

その部屋の主となったメーフォルンは、机と同じく金箔張りの椅子《いす》にふんぞりかえったまま、使者である二人に椅子を勧《すす》めることなく訊《たず》ねる。

言葉は丁寧《ていねい》であるが、総督である自分にこんな早朝に何用だ？というところだろう。

門番には霊験《れいげん》あらたかだった指輪も、元はエンスデル商人のメーフォルンには、あまりありがたみがなかったらしい。

ヴァンダリスやコーフィンを目の前にすれば、すり寄らんばかりにおべっかを使う彼であったが、これがこの男の本当の顔かと、ヴァンダリスはマントで顔を隠した内側で、嘲笑《ちようしよう》の笑みをつくる。

「ひさしぶりだな、メーフォルン」

名を呼び捨てにされた。そのことに一瞬《いつしゆん》むっとした表情を浮かべたメーフォルンであったが、ヴァンダリスがマントをとったとたん、驚愕《きようがく》に目を見開く。

「で、で、で、殿下！」

「そんなに驚いたか？」

「い、生きていらっしゃったのですか？」

「見ての通りだ。お前の頭が夢か幻覚《げんかく》を見ているのでなければ、私は生きていることになるな」

「いえ、殿下は確かにご無事でこのメーフォルンの目の前におります。よくぞ、生きていてくださいました！」

椅子から立ち上がり、抱《だ》きつかんばかりのメーフォルンに、ヴァンダリスは内心で呆《あき》れた。

よくもまあ、自分の心の内を隠して、こうも切り替《か》えが出来るものだと……まあ、そうでなければ、あのアルマンが、ヴァンダリスにあえて強力に、この男をバルナークの総督《そうとく》にと、推《すい》薦《せん》するはずもない。

今の閉鎖《へいさ》されたアンジェの、唯一《ゆいいつ》の補給路がこのバルナークだ。そういう意味でも、あの男は自分の息のかかった者で、ここを押さえておきたかったのだろう。

万が一のときのために。

「しかし、本当によくご無事で……アンジェからの知らせで、てっきりお亡《な》くなりになったとばかり」

「私も参ったぞ……」

ヴァンダリスは、エイリークの謀略《ぼうりゃく》から逃《のが》れることが出来たものの、今度はアキテーヌ軍に追われるはめになり、アンジェには戻れなかったと説明した。

「どうもエイリークは、アキテーヌ軍とも通じていたような節がある」

「なんと！　それは……」

「それで、ゴートへと逃れ、そこから船でこのバルナークへと戻ってきたのだ」

メーフォルンは感心したように頷《うなず》き。

「それは大変な旅でございましたな」

「ああ、この私がアンジェに居ないと分かれば、アキテーヌ軍は勢いづくだろう。ゴートでも身分を明かすわけにはいかず、ずいぶん苦労した。

まさかあんなことが起こるとは知らず、路銀もなく着の身着のまま放《ほう》り出されたのではな。装飾品《そうしょくひん》を手始めに、着ている服や剣《けん》まで売って安物に替《か》えた」

実際、ヴァンダリスの着ている服は、アルビオンの皇太子としての上等なものではなく、普《ふ》通《つう》の騎士のものだ。

それは隠密《おんみつ》の旅をするために着替えたものであったのだが、メーフォルンは納得《なっとく》したように頷く。

「まことご苦労をなされたのですな。

では、殿下が生きていらっしゃることは、このメーフォルン以外知らないわけですな？」

メーフォルンの瞳《ひとみ》が妖《あや》しく光る。それに気づいていながら、ヴァンダリスはああとうなずく。

「だからこそ、この総督府の門でも、マントを深く被り兵士達に顔を見られないようにしたのだからな。出来ればアンジェには何事もなかったように戻りたいのだ。

私の死んだという知らせだが、アンジェではまだ公《おおやけ》にされてはいないのだな？」

「はい。殿下の死は、兵士達の士気にも影響《えいきょう》しますからな。

アンジェでも王や大臣や将軍あたりぐらいにしか、知らされてはいないでしょう。それはこのバルナークでも同じです」

「ならば良い。一刻も早く、アンジェへ戻りたい。そのための手配をしてくれ」

「はい、早速《さっそく》」

胸に手をあて、メーフォルンは一礼した。


しかし、しばらく時間がかかると、ヴァンダリスとジュールの二人は別の部屋に案内された。

「人を待たせるのにはずいぶんと殺風景な部屋ですね」

ジュールが部屋を見渡《みわた》して不思議そうに言う。

予備の間として普段《ふだん》は使われていない部屋なのかもしれない。ジュールの言うとおり、家具もなくそれなりの広さが余計目立つ部屋であった。

二人が来るということで用意したのか、それとも前から置かれていたのか。猫足《ねこあし》の長椅子が一つに、椅子、それにテーブルが部屋の隅《すみ》にぽつんと置かれている。

「私たちを待たせるために用意した部屋だ。これぐらいの広さは必要だろう」

「それはどういう意味です？」

ヴァンダリスは長椅子に腰掛《こしか》けジュールを手招く。近づいてきた、その腕《うで》を引いて、横に座らせる。

「で、殿下《でんか》！　私は立ったままで結構です！」

同じ椅子に座るだけでもジュールにとっては大それたことだというのに、しかもその身体《からだ》が触《ふ》れあうほど近くなのだ。少年は慌《あわ》てて立ち上がろうとする。

「しっ！　内緒話《ないしょばなし》をするには、近くにいたほうが都合が良いだろう？」

ヴァンダリスがそう耳元でささやくと、ジュールが動きを止める。

「殿下？」

「これだけ広い部屋だが、しかし、どこで聞き耳を立てているかわからないからな」

そう、どこに覗《のぞ》き穴、盗《ぬす》み聞き用の穴があるかわからないのが、貴族の館《やかた》や、宮殿というものなのだ。

ヴァンダリスはジュールのあごを指先で捕《と》らえ見つめ、周囲に聞こえるような声で言う。

「ふむ……ジュール。こうやって見ると、お前はなかなか可愛《かわい》らしい顔をしているな」

「で、殿下！」

王侯《おうこう》の中には〝そういう趣味《しゅみ》〟で美しい小姓《こしょう》をそばに侍《はべ》らせるものもいる。

しかし、ま、まさかヴァンダリス殿下が⁉と、硬直《こうちょく》しているジュールを抱きしめ、その首筋に顔を埋《うず》めて、ヴァンダリスはくすくすと笑う。

「本気にするな。ああ言わないと、私たちがこれだけ近くで話していれば、覗いている奴《やつ》が不自然に思うだろう？」

そう断り、次を言う。

「まあ、これだけ広い部屋でないと、兵達が入れないからな」

「兵？」

「私たちを殺すために差し向ける兵士達だよ」

「なっ！」

叫《さけ》びかけたジュールの唇《くちびる》を『しっ』と言うように、ヴァンダリスが人差し指を押し当てる。

「ここから先は、言葉は不要だ」

本当にのぞきがいるならば、愛の言葉をささやいているようにしか見えなかっただろう。

しかし、ジュールには別の理由で、声を落とさなければと伝わったようだ。ひそひそ声で彼は改めていう。

「今のお話はほんとうですか？」

「ああ、あの書斎《しょさい》のような狭《せま》い部屋では、複数の兵は動きにくい」

戦いは一対一もしくは、それに近いものとなるだろう。それに混戦の中、味方に当たる心配がある銃《じゅう》も使いにくい。となれば、ジュールはともかくヴァンダリスを書斎で相手するのは、時間と兵の犠牲《ぎせい》が大きすぎると、メーフォルンは判断したに違《ちが》いない。

「ならば、どうしてあの総督以外にご自分がヴァンダリス殿下であると、お隠《かく》しになるようなことをなされたのですか？」

ジュールの声には非難の響《ひび》きが強い。

たしかに、顔を隠さず堂々と総督府に入ってくれれば、あのメーフォルンとて下手に手出しは出来なかったに違いない。

「わからないか？　そうすればメーフォルンが堂々と私を始末しようとするに、決まっているからだ」

誰《だれ》にも知られていないならば、この総督府でヴァンダリス達を煮《に》るも焼くも、殺すも自由である。

「ですから、なぜ？」

「私は気が短い質《たち》なのでな。叛意《はんい》を持っているならば、早々に裏切ってくれたほうが良いということさ。ねちねちと、腹の探《さぐ》り合いなど性《しょう》に合わない」

生きていることを公にすれば、メーフォルンは表面上ヴァンダリスに従うふりはするだろうが、しかし、今度はアンジェとの連絡《れんらく》が取れないなど理由をつけてヴァンダリスをこのバルナークに引き留めようとするだろう。

もちろん、ヴァンダリスとしては元から、アンジェに行き、父であるコーフィン二世と対決する気はまだないから、それはそれでかまわないが……しかし、表面上の恭順《きょうじゅん》とは裏腹、メーフォルンは隙《すき》を見て自分を始末する機会を窺《うかが》うだろう。

「常に命を狙《ねら》われていると気を張っているなど、疲《つか》れることこのうえない。どうせ襲《おそ》われるならば、その時がわかっていたほうが良いからな」

急に扉《とびら》が乱暴に開けられて、どやどやと兵士達が入って来る。

「お楽しみのところ、お邪魔《じゃま》して申し訳ありませんな、殿下」

兵士達の壁《かべ》に守られるようにして、メーフォルンが口を開く。

「無粋《ぶすい》だな、メーフォルン。その兵士達はなんだ？」

ヴァンダリスはジュールから腕を外したものの、しかし、兵士達がやってきた意味をまったくわからないという、態度をとった。

むしろ、本当に邪魔をされて不機嫌《ふきげん》だと、そんな風に。

「おわかりになられないのですか？」

メーフォルンの顔がいやらしく歪《ゆが》む。

「お気の毒ですが、殿下にはここで死んでいただきます。

いや！　殿下の名を騙《かた》る偽物《にせもの》！　このメーフォルンの目をごまかそうとしても、そうはいかんぞ！　衛兵達、このペテン師を捕《と》らえよ！　抵抗《ていこう》すれば殺してもかまわぬ！」

銃を構えた兵士達が前に出る。

ヴァンダリスが動くより早く、ジュールがその前に立つ。

「ジュール、どけ」

「お断りします」

「そのままだと、一番先にお前が撃《う》たれるぞ」

兵士達はすでに引き金に指をかけている。メーフォルンの命が下れば、すかさず撃つだろう。

「かまいません」

「犬死にはするなと、言ったはずだぞ」

「ここで、私が盾《たて》となり、殿下が生き延びて下されば、それは無駄《むだ》ではありません」

テコでも動かないと態度で示す少年に、ヴァンダリスはため息をつく。

その様子にメーフォルンはくくくっと笑い声を立てる。

「なかなかけなげではないか。寵愛《ちょうあい》の小姓を死なせたくなかったら、大人しく撃たれることだな。なんなら、二人一緒《いっしょ》に逝《ゆ》かせてやってもよいが」

「なるほど、はじめから捕縛《ほばく》するという選択肢《せんたくし》はないというわけか」

「殿下《でんか》の名を騙っただけで、国家に対する反逆者だ。どうせ処刑《しょけい》するなら、この場でしたほうが手間が省けるというもの」

「やれ！」とメーフォルンが手を振《ふ》り上げた、それに重なるようにしてヴァンダリスの「馬鹿者《ばかもの》！」という雷《かみなり》のような一喝《いっかつ》がその声をかき消し、兵士達の今にも引き金を引きそうな指を凍《こお》り付かせる。

「メーフォルン、お前のほうこそ国家に反逆する大罪人ではないのか？」

「なんだと!?　なにを証拠《しょうこ》に！」

「この状況《じょうきょう》こそが証拠だ。

私を本物のヴァンダリスと知りながら、偽物と決めつけ兵士達に始末させようとしている。

これは立派な暗殺、国家反逆の罪ではないのか？」

そうヴァンダリスが告げると、メーフォルンよりなにより兵士達のあいだに動揺《どうよう》が広がる。

顔を見合わせるその様は、声には出さないものの、この殿下の偽物という男は、本当に偽物なのか!?　いや、本当は殿下で総督《そうとく》こそが嘘《うそ》をついているのでは!?　そんな疑いの表情だ。

だいたい、遠くからというものの閲兵式《えっぺいしき》や儀式《ぎしき》のおりに、ヴァンダリスの姿を見る機会は多いのだ。本物が目の前にいるのだから、それが彼らの見た皇太子とそっくりなのは当たり前で、それが余計混乱に拍車《はくしゃ》をかける。

「ええい、なにを迷っている！　あの男を撃て！」

メーフォルンがいらついたように叫ぶ。

「戯言《たわごと》などに惑《まど》わされるな！　だいたい、アンジェにいるはずの殿下が、どうしてこのバルナークにいるのだ！　よく考えろ！」

兵士にとっては上官の命令は絶対だ。メーフォルンの理屈《りくつ》にむりやり自分を納得させて、兵士達が銃を構えなおした……そのとき。

「待て！」

メーフォルンが入ってきたのとは、反対側の部屋の扉が開いて、ワールスが部下の兵士を引き連れて入ってくる。

「ボーンレラム子爵《ししゃく》!?　なぜここに!?」

動揺するメーフォルンにワールスは不敵に笑い。

「お前のやることなど殿下は全《すべ》てお見通しだったのだ、メーフォルン！」

そうして銃を構える兵士達には「血迷うな！　この方は本物のヴァンダリス殿下だぞ！」と告げる。

兵士達はもはやどうしたらいいのかわからず、構えていた銃をおろしかけ戸惑《とまど》うばかりだ。

焦《あせ》ったメーフォルンはわなわなと震《ふる》えながら、しかし、なおも悪あがきをする。

「ボーンレラム子爵もこの偽《にせ》皇太子とぐるの裏切り者だ！

なにをしている！　戦わぬか！」

指さし決めつける。

「じゃあ、俺も裏切り者というわけか？」

その声にヴァンダリスは目を見開き、ワールスが入ってきた扉を見つめる。

聞き間違《まちが》えるはずもない。低く巌《いわお》のような男性の声。強風が吹《ふ》く海上でさえ、指令を下すその声は甲板一杯《かんぱんいっぱい》に響いた。

ラルセンだ。

それは最後に見た姿とはあまりにも違《ちが》う。兵士二人に支えられながら、松葉杖《まつばづえ》を片手で突《つ》き、上着は袖《そで》を通さずにはおったまま、開いたシャツの胸から見える包帯も痛々しい。

だが、間違いもなく、あの提督だった。

シェナまで行った大提督の姿は、アルビオンの兵達の憧《あこが》れでもある。自分を見つめたまま、声も出ないヴァンダリスにちらりと視線を向け、次にメーフォルンの前にいる兵士達に不敵に微笑《ほほえ》みかける。

「そのお方は本物のヴァンダリス殿下だ。

それにお前らの目は節穴か？　誰が真実を言って、誰が嘘を言っているのか。それぐらい、この状況を見てわからねぇか？」

そう、ラルセンに言われれば、今までメーフォルンに従っていた兵も、銃を床《ゆか》に捨てて「失礼しました！」とヴァンダリスに平伏《へいふく》する。

こうなればメーフォルンの負けは明らかである。

「動くな！　撃つぞ！」

自ら、短銃《たんじゆう》を翳《かざ》して周りを威嚇《いかく》すると、きびすを返して部屋から逃《に》げ出した。

「追いかけろ！」

ワールスが命じ、自らも駆《か》け出す部下達のあとに続く。

「ラルセン！　生きていたのか!?」

「提督！　ご無事だったのですね！」

二人は思わず駆け寄ると、ラルセンは笑顔《えがお》を見せ。

「ご心配をおかけしました」

とヴァンダリスに頭を下げる。

「いや、それは私のせいだ、ラルセン。以前からお前が言っているとおり、あの男を信用すぎなければ……」

「それは言いっこ無しにしましょう、殿下。過ぎたことは悔《く》やんでも仕方ねぇ」

ラルセンはジュールに視線を向ける。

「お前も来ていたのか？」

「はい。提督の代わりに殿下をお守りすることなどとても出来ませんでしたが、ですがご恩をお返し出来ればと……」

「いいや、銃《じゅう》を構える兵士の前に立ちはだかるなんぞ、とても出来ねぇよ。もう立派な王の騎《き》士《し》だな」

「そんな……」

ラルセンに褒《ほ》められて、ジュールが頬《ほお》を染める。

「殿下！」

そこにワールスが戻《もど》ってきた。

「申し訳ありません！　メーフォルンの奴《やつ》、今は自分の寝室《しんしつ》として使っている大公の部屋から、隠《かく》し通路を使って……」

逃げたのだという。兵士達が追いかけようとしたが、その扉《とびら》は彼らが入る直前に閉まり、しかも体当たりしてもびくとも動かないと。

「……今、兵士達が、通路の扉をあける装置を探しているのですが」

「そうか、むりやり追う必要はない。奴がアンジェへ逃《のが》れようとするなら、そのままにしておけ」

「殿下？」

「帝都《ていと》に使者を出す手間が省けるからな」

どうせメーフォルンは、あの口のうまさであることないこと言い訳するだろうが、バルナークが自分に押さえられたという事実はごまかすことは出来ない。

そしてアルマンがどうごまかそうと、バルナークから物資の輸送が途絶《とだ》えれば、大臣達も騒《さわ》ぎ出す。

「生きていてくれたことは嬉《うれ》しいが……」

ヴァンダリスははにかむような笑顔をラルセンに向け。

「しかし、なぜ提督がこのバルナークに？」

「やっかい払《ばら》いですよ。

どうやらこの私が死なずに、生き返りそうだとわかったとたん、あの狐《きつね》が本国に帰らせ療養《りょうよう》させたほうがいいと、陛下に進言してこのバルナークに送られたのです」

ラルセンが元気になり、今は自分を頼《たよ》りにしているコーフィン二世の関心が移ることを、アルマンは警戒《けいかい》したのだろう。

しかし、このバルナークでラルセンは急に具合が悪くなったふりをして、留《とど》まったのだという。

「メーフォルンの奴。なにがなんでもこの私をドーンに送り返そうとしたのですがね、さすがに動かせば死ぬという医者の言葉がきいたようで……」

くすくすと笑う。その医者もぐるであったのだ。彼を心配してアンジェからついてきた医者は、ラルセンの船の軍医もしていたことがあったのだ。

「どうして、そこまでしてバルナークに残った？」

アンジェならばわかる。なにしろ、コーフィン二世のそばにはあのアルマンがいるのだ。

しかし、ラルセンは素直《すなお》にバルナークまでは送られたのだ。そのうえで、仮病《けびょう》まで使ってここに留まった。

ラルセンは、嵐《あらし》の海のような、その鉛色《なまりいろ》の瞳《ひとみ》で、ヴァンダリスをじっと見つめ。

「殿下をお待ちしていました」

「私を？」

「アキテーヌ軍があなたをどうするかはわかりませんでしたが、生きておられるならば、かならずここに来られると思ったのです。

殿下は、アンジェに戻られるほど愚《おろ》かでも、ドーンに逃げ帰るほど意気地《いくじ》無しでもない」

「……ラルセン」

自分を信じて待っていてくれたのだ。そう思うと胸が一杯になり、ヴァンダリスは言葉にならず、ラルセンの肩《かた》に手を置く、それだけで精一杯だった。

しかし、手を置いたその肩の違和《いわ》感《かん》。指先に伝わる感触《かんしょく》に、ヴァンダリスの顔色が変わる。

はじかれたように、うつむいていた顔をあげて、自分より頭半分ほど高い提督の顔を見る。

ラルセンは上着に袖を通さず肩に羽織るだけにしていた。ヴァンダリスが手を置いた、反対側の肩から続く右腕《みぎうで》は、松葉杖を突き見えていたが、左腕は……。

ラルセンは静かに微笑し、言った。

「片腕一本でも、殿下のお役に立てますか？」

彼の左腕は永遠に失われていたのである。

5

ぴちゃんぴちゃんと天井《てんじょう》から水の滴《しずく》の音。単調なその音ばかり聞いていると、セシルは世界でたった一人、自分がここに取り残されたような気分になってくる。

実際、あのアルマンの訪問以来、誰一人《だれひとり》として訪ねて来ることはない。食事も数日与《あた》えられていなかった。

上の宮殿《きゅうでん》でなにか起こってこちらにかまっている余裕《よゆう》などないのか、それとも本当に忘れ去られているのか……それはないと思うが。

普通《ふつう》の人間ならば、昼でも光がささぬ、こんな地下牢《ちかろう》に閉じこめられたら、数日で気が狂《くる》ってもおかしくはない。

だが、両手足を鎖《くさり》に捕《と》らえられ、壁《かべ》に磔《はりつけ》にされたセシルの瞳は、輝《かがや》きを失ってはいない。

セシルはアルマンの去り際《ぎわ》の台詞《せりふ》など信用していなかった。

オスカーが死ぬなど。

だいたい、彼は約束の首をいつまでたっても、自分の前には持ってこない。その意味するところは明らかだ。

オスカーは生きている。

それは、確信となってセシルの身体《からだ》に力を与えていた。

単調な水音に、こつんこつんと石の螺旋《らせん》階段を降りてくる足音が混じる。

セシルの細い肩がぴくりと震《ふる》えるが、伏《ふ》せている顔は上げない。

扉が開き、二人の兵士が中へと入ってきた。

「おい」

その一人が声をかけてくる、セシルは顔を伏せたまま返事をしない。

「気を失っているんじゃないのか？」

「ずっとここに閉じこめられていたというからな」

「アキテーヌ人とはいえ、女に酷《ひど》いことしやがる」

「しっ！　声が大きいぞ！」

「こんな地下牢にまで、あの鴉卿《からすきょう》がやってくるかよ。だから、俺たちに別の牢に女を移せと命令したんだからな」

「まあな」

どうやら、兵士二人は、自分をただの女と思っているらしい。セシルは内心でほくそ笑《え》む。

ヴァンダリスがエイリークとかいうあの将軍に襲《おそ》われた出来事は、下《した》っ端《ぱ》の兵士達には伝わっていないだろう。

が、下の兵士達にヴァンダリスの不在は知られたくないはずだ。王であるコーフィン二世よりも、はるかに人気があるあの皇太子がいないとなれば、兵の士気にも関《かか》わってくる。

そうなれば、自分がどのような素性《すじょう》の者であるのか、兵士達に漏《も》らすわけにはいかないだろう。

「とりあえず、手足の鎖を外そうぜ。このままじゃ、牢にも放《ほう》り込めない」

「おい！　本当に気を失っているのか？　確かめろよ」

「どうやって？」

「頬でも叩《たた》けばいいだろう？」

「女を叩くのか？」

明らかに嫌《いや》そうな声をあげる兵士のその声に、セシルはますます内心の笑みを深くした。

ただの女だと思っていてくれるなら好都合だ。それだけつけいる隙《すき》がある。

「軽くだよ。意識があるかどうか確かめるだけだ」

「わかった」

兵士の手が幾分《いくぶん》きつめに、セシルの頬をはたく。

「おい！　俺たちの声が聞こえてるのか？」

「…………う……ん……」

セシルはぐったりとしたまま、弱々しい声を出す。もちろん、演技であるが。

「おい、やばくないか？」

「早く、牢に移動したほうがいいな。それから医者に診《み》せたほうがいい」

「ここで死なれたら俺たちのせいになるかなぁ」兵士はそう続け、早く鎖を解こうと続けた。

足の鎖が解かれ、手の鎖が解かれる。

そのとき。

何が起こったか、セシルの目の前にいた兵士は最後まで分からなかっただろう。

膝《ひざ》で腹を蹴《け》り上げ、屈《かが》んだ頭に両手を組んだ拳《こぶし》を振《ふ》り下ろす。

その兵士が床《ゆか》においていた長銃《ちょうじゅう》を拾い上げて、とっさにどうしたらいいのか呆然《ぼうぜん》としていた、もう一人の兵士に突《つ》きつける。

「動くな！　動けば撃《う》つ！」

「ひっ！　う、撃たない……で！」

兵士も両手に銃を持ってはいたが、しかしただ持っているだけで、その銃口はセシルに向けられてはいない。どちらが早く撃てるかはあきらかだった。

「銃を床に置くんだ。放り投げるんじゃないよ。床にそっと置くんだ」

セシルは、そのためにかがみ込む兵士の背後に近づき、長銃を振り下ろす。

がつっと鈍《にぶ》い音がして、兵士の身体は石の床に崩《くず》れ落ちた。


兵士からはぎ取った制服を身にまとい、セシルは地下牢から脱出《だっしゅつ》した。

牢の入り口で、別の兵士達が待っていたらやっかいだと思ったが、意外にもそういうことはなかった。

助かったという思いより、上手《うま》く行きすぎたという不審《ふしん》がセシルの胸によぎる。

は少ない。

罠《わな》……という言葉が頭に浮かんだが、しかし、そうであってもあの地下牢からの脱出の機会
結局、自分はこうしただろうとセシルは口の端《はし》を不敵につり上げる。

それが罠だというならば、その裏をかけば良いだけだ。

セシルはそのまま宮殿から脱出はせず、むしろ宮殿の奥へと歩を進めた。

一人で逃《に》げ出すわけにはいかない。

マルガリーテが、この中に囚《とら》われているのだ。

彼女の囚われている場所はわからない。しかし、マルガリーテはセシルと違《ちが》い幼い子供だ。

それにエーベルハイトの国主という立場がある。

アルビオン側もさすがに気を遣《つか》い、まさかセシルがいた地下牢のような酷い場所には押し込めていまい。

そして、ルネを失った今となっては、人質《ひとじち》としての価値も上がっている。となれば、かならず警備の厳しい、王のそばに。宮殿の奥深くに囚われているはずだ。

勝手がわかっている宮殿の中。セシルが召使《めしつか》いの衣裳《いしょう》部屋にいくと、案の定、そこにはたくさんの衣裳が残されていた。貴婦人のドレスや宝石ならば、略奪《りゃくだつ》の対象となっただろうが、さすがにこちらの衣裳はその対象とはならなかったらしい。

手早く着替《きが》え、宮殿の奥を目指す。

「あら、あなた」

一人の女官が、セシルを呼び止める。というより、わざと目に付くようにセシルが、彼女の前に出たのだ。

そこは、小さな部屋。女官以外の人影《ひとかげ》はない。

「どうしたの？　あなたのような者がここに来るべきではないわ」

彼女は明らかに不快そうな顔で咎《とが》めた。つまり、ここはセシルがいま身にまとっている、小間使いの衣裳を着ているような者が、立ち入ることが許されない場所だということだ。

もちろん、それはセシルも承知していた。ここが王の間に近い場所であることは。

「す、すみません。近づくのを禁止されているお部屋とは知らなかったんです。このお城は広くて……その……」

「ああ、道に迷ったのね。確かにここは広すぎるわ」

しょうがないというように、ため息を女官はつく。セシルは「し、失礼します」と震える声で一礼して、部屋を出て行こうとする。

「ああ、駄目《だめ》よ。その奥は陛下のお部屋よ！」

「お、王様の！」

「ええ、それにね。今はエーベルハイトのお姫《ひめ》様もその近くにいらっしゃるの。

あなたみたいな小間使いが衛兵に見つかれば、道に迷ったという言い訳はともかく、酷く怒《おこ》られるわよ」

「そ、そうですか。そんなお姫様が」

「ええ、大切なお客様なんですからね」

そう笑顔で頷《うなず》いた女官の姿に、セシルの瞳《ひとみ》は妖《あや》しく光る。

女官の身体《からだ》を壁《かべ》に押しつけると、叫《さけ》びかけた口を片手で封《ふう》じる。そののど元に、隠《かく》し持っていた短剣《たんけん》を突きつける。

「騒《さわ》ぐな！　騒げば殺す！」

セシルにはそのつもりはまったくない。しかし、怖《こわ》い顔で女官を睨《にら》み付ける、その迫力《はくりょく》に彼女は完全に騙《だま》されたと見え、真っ青な顔でこくこくと頷いた。

「エーベルハイトのマルガリーテ姫は、本当はどこにいる？」

セシルが手をずらすと、女官は震える声で答える。

「ですから、王の間の近くに……」

「嘘《うそ》をつくな」

顔の前に光るナイフを翳《かざ》せば、彼女は「ひっ！」と小さくうめいた。

女性を脅《おど》すのはセシルの主義に反するから、その怯《おび》えた顔を見ると内心胸が痛んだ。しかし、今は非常事態だ。加減している余裕《よゆう》はない。

「小間使いごときに、王の部屋があることはともかく、なぜ、人質の姫君がいることまで教える」

近寄ってはならない場所に近づくなというなら、そこに王の部屋があるからと、それだけで足りるはずだ。このような秘密の場所をぺらぺらと小間使いに話すのはおかしい。

んだろう？」

「見慣れぬ怪《あや》しい人間を見たら、ここに迷い込んでくるものがいたら、そう教えろといわれた

女官は無言のまま、こくこくと頷く。

「では、もう一度訊《たず》ねる。マルガリーテ姫はどこだ？」

「さ、昨日、西の離宮《りきゅう》のほうにお移りに……」

「なるほど、良い場所に隠したものだね」

西の離宮とはいまはもう使われていない館《やかた》であり、離宮という名で呼ばれるほど豪奢《ごうしゃ》なものである。かつてはギョーム二世の最後の年若い愛妾《あいしょう》フォンタンジュが、館の女王として君臨していた。

英明で知られたギョーム二世だが、その女癖《おんなぐせ》の悪さは有名だ。そして、その最後の老いらくの恋《こい》は、彼の名を汚《よご》したともいえる。

彼はこの若い愛人になんでも与《あた》えた。その最大のものがあの宮殿《きゅうでん》だ。フォンタンジュが使う全《すべ》ての部屋には薔薇《ばら》の香水《こうすい》の香《かお》りが満ち、サロンの中央にはその香水が常に流れる黄金の水盤《すいばん》が置かれていたという。

だが、王の子を身ごもったフォンタンジュは、あっけなく死んだ。ワインの中毒とも、好物の牡蠣《かき》の毒に中《あた》ったとも伝えられているが、その死因は不明。未《いま》だ暗殺だという噂《うわさ》が絶えない。

「教えてくれてありがとう、それから、ごめん」

「え？」

セシルは女官に当て身を喰《く》らわせて、気を失わせた。そして、そっと彼女の身体を手近な椅《い》子《す》に座らせると、部屋をあとにした。

セシルは、衣裳部屋に隠しておいた兵士の制服に着替えて、西の離宮へと向かう。宮殿内ならともかく、外では小間使いの衣裳は目立つからだ。

制服が効いて、セシルが目の前を通ってもアルビオンの兵士達はまったく気に留めることなく、作業や警戒《けいかい》に当たっている。

たどりついた離宮は、建物自体、崩れたところはなかったが、さすがに何年も使われていなかっただけあって、周りに植えられた木々は伸《の》び放題。生け垣《がき》も刈《か》られておらず、かえって身を隠して様子をうかがうのに都合がよかった。

離宮の周りには見回りの兵士などまったくおらず、その玄関《げんかん》に衛兵さえ立っていない。

セシルはそれに不審を覚えなかった。

むしろ、そのような兵士達を見える場所に配置しては、怪しんでくれと言っているようなものだろう。マルガリーテ姫は本宮の奥深くにいると、そう思わせるためには。

建物の裏、目立たぬ場所に生えていた木を伝い、二階の窓から内部に侵入《しんにゅう》する。

中にも人の気配はない。それでも、時々は人が手入れに入っているのか、内部は綺《き》麗《れい》なものだった。

実は、白の館とは別に、ここを輿入《こしい》れするセシル……つまりモンフォール公妃《こうひ》の館にしてはどうか?という意見もあったのだ。新しく館を建てるよりも、フォンタンジュが亡《な》くなり主人が居なくなった、この豪奢な建物を利用したほうが良いというわけだ。

しかし、王の愛妾が使っていた館を、ファーレンの皇女に使わせるのは、やはり外聞が悪いと、取りやめになったのだという。

侵入した次の部屋に足音を殺して入ったが、そこにも人はいなかった。

いや、そもそもこの館は静かすぎるように思える。たとえ長年、無人の館であっても、そこに人が入れば、それなりの気配はするものだ。まして、セシルは盗賊《とうぞく》などという稼業《かぎょう》を何年もやっていただけあって、そういう人の気には敏感《びんかん》である。

その自分がなにも感じないなど……。

セシルは不安になった。いや、はっきりとおかしいと感じ始める。

いくら、外に見張りはおけないといっても、マルガリーテは失っては困る大事な人質だ。まったく兵を配置しないなどあり得ない。

だが、それでも奥に進んでしまったのは、自分が牢《ろう》を抜《ぬ》け出してからだいぶ時間がたっており、そろそろ見つかっている頃《ころ》かもしれない。その焦《あせ》りがあったからだ。

この館でマルガリーテが見つからなければ、改めて捜《さが》すには危険すぎる。彼女の救出は諦《あきら》めて、一人で脱出《だっしゅつ》しなければならないだろう。

頭でわかってはいる理屈《りくつ》だが、しかし、セシルの気持ちとしてはとても一人で安全な場所に逃《のが》れる気にはなれなかった。

部屋から部屋へと抜けて、行き止まりの小さなサロンへと出る。狭《せま》い空間だが、紫色《むらさきいろ》の壁に金箔《きんぱく》の星や月、裸《はだか》の男性と花冠《かかん》の女神《めがみ》の抱擁《ほうよう》を描《えが》かれた絵も妖しく美しい、大変内装に凝《こ》った部屋だ。しかし、窓が一つもないのが、奇妙《きみよう》な感じである。

背後でぱたりと扉《とびら》が閉まり、しまった！とセシルは舌打ちする。急いで駆《か》け寄り、開けようと扉の取っ手に手をかけるが、びくともしない。

「策士というものはね。一つの策が失敗しても、大丈夫《だいじようぶ》なように二重三重の罠《わな》を用意しておくものさ」

「なにが策士だ！　この狐《きつね》！」

アルマンの声。どこから響《ひび》いているものやら、セシルはそれに向かって怒《ど》鳴る。

彼はくっくっく……と笑い。

「このサロンには面白《おもしろ》い仕《し》掛《か》けがあってね。知ってるかい？」

「お前のくだらない話につきあっている暇《ひま》はない！　ここから出せ！」

言っても無駄《むだ》だとわかってはいるが、諦めて大人しくなるのはいかにも業腹《ごうはら》だ。

こんな男の策にまんまと乗せられていたなど。

この男が策と言ったのだ。おそらくは、あの地下牢に来た兵士達の一件から、企《くわだ》てられたものだろう。あの女官にしても、嘘をつくように命令され、さらにマルガリーテの本当の居場所はここだと、さらなる偽《いつわ》りを教えられていたことになる。

しかし、その狙《ねら》いがわからない。

囚《とら》われの自分をわざと逃《に》がして、宮殿内を泳がせ、さらにはこのような捕縛《ほばく》の仕方をするなど……一体どんな意味が？

「つれないねぇ。

ここはかのフォンタンジュ嬢《じょう》のサロンだ。あのギョーム二世を虜《とりこ》にした最後の愛妾にして、アキテーヌ一美しいと言われた貴婦人だ。

君も感慨《かんがい》深いだろう？　何しろ、今は君がその称号《しょうごう》を手にしているわけだから」

くすくすと楽しそうな笑い声があとに続く。

「その美姫《びき》がね、王を虜にした秘密がこのサロンにあるんだよ。秘密というより、面白い仕掛けなのだけど」

カタリとなにか音がする。

と、唐突《とうとつ》に部屋に煙《けむり》が充満《じゅうまん》し始めた。セシルはそれを吸い込み、咳《せ》き込む。

くらりと意識が遠のき、膝《ひざ》を突《つ》く。それがさらに煙を吸い込むこととなるのだが、しかし、意識して息を止め、立とうとしても力がはいらない。

「なにを……？」

「安心して。ただの眠《ねむ》り薬を混ぜた煙だよ。

ただし、かの昔には煙ではなく、薔薇の香水を使ったそうだけどね。年老いた王がその気になる媚薬《びやく》を混ぜた……」

アルマンの声も、もうセシルの耳には上滑《うわすべ》りする意味を成さない音としか聞こえない。

セシルは床《ゆか》に倒《たお》れ込み、意識を失った。

⚜

時は、セシルが倒れた、その一日前にさかのぼる。

「なんじゃと！　バルナークが陥落《かんらく》しただと！」

その言葉にコーフィン二世はベッドから飛び降り、そのそばに立っているアルマンに詰《つ》め寄る。

夜中、寝室《しんしつ》にて愛妾のエミリアとともに休んでいたコーフィン二世は、ハロルド・ネヴィル……アルマンの訪問を受けた。

取り次ぎもなく王の寝室を訪ねるなど、大臣でも出来ない不作法であるし、そのような権限もない。だが、アルマンには許されていた。

それは王ではなく、愛妾のエミリアによってだ。

ヴァンダリスが居なくなってから、彼女は王妃《おうひ》のごとく振《ふ》る舞《ま》い、政《まつりごと》に口出しをするようになっていた。表だって大臣達の並ぶ会議などに出ることはないにしろ、その閨房《ブドワール》で王に様々なことをささやく。

その彼女のささやきにより、既《すで》に三人の大臣が更迭《こうてつ》され、軟禁《なんきん》状態に置かれている。それは全《すべ》てアルマンに敵対する者であり、ようするにアルマンが彼女を操《あやつ》り指示したものであったのだが。

「陥落ではありません。反乱が起こり占領《せんりょう》されたのです」

「は、反乱じゃと！　だ、誰《だれ》が……」

「ヴァンダリス殿下《でんか》です」

「なっ！」

コーフィン二世は瞬間《しゅんかん》言葉に詰まり、驚《おどろ》きに開いた口をまるで陸に打ち上げられた魚のように、ぱくぱくさせる。

「な、な、な、ヴァンダリスだと！」

「はい」

「それはどういうことだ⁉　あれは生きていたのか？」

「事実だけを申せばそういうことになりましょう。バルナークから逃れてきたメーフォルン殿《どの》が、確かに殿下だったと」

「で、では儂《わし》が取りすがって泣いた、あの黒こげの死体は誰だと申す⁉」

「それはわかりません。エイリーク将軍が、殿下が死んだと陛下に思い込ませるために、用意したのか……」

「そ、そうじゃ！　きっとそうに違《ちが》いない！」

エイリークと最後に交《か》わした会話を思い出せば……あの将軍は宮殿に戻《もど》るまでヴァンダリス

の死を知らなかったのである。アルマンの言うことに矛盾《むじゅん》があることに気づくはずなのだが、動揺《どうよう》したコーフィンは納得《なっとく》したように頷《うなず》いた。

もっとも、息子《むすこ》が殺されたと思い込んでの激高《げっこう》のあまり、申し開きをする将軍の言葉など、ろくに聞いていなかったのかもしれないが。

「では、ヴァンダリスは生きていたのだな？」

顔を輝《かがや》かせる、そのコーフィン二世にアルマンはことさら深刻な顔を作り告げた。

「しかし、申し上げたとおりヴァンダリス殿下は、陛下に反旗を翻《ひるがえ》し、バルナークにて反乱を起こされました」

「な、なにかの間違《まちが》いではないのか？　あれが反乱を起こすなど……」

「では、なぜ殿下は真っ直《す》ぐこのアンジェに戻られなかったのでしょう？

わざわざゴートからバルナークに入り、なおかつ総督《そうとく》であるメーフォルン殿からバルナークの権限を奪《うば》い、アンジェへと続く運河を閉鎖《へいさ》したのです。これを反乱の意志ありと見なくてどうされるのです？」

「ほ、本当にヴァンダリスがそのようなことをしたというのか？」

半分は本当で、半分は嘘《うそ》である。ヴァンダリスがバルナークを掌握《しょうあく》したことは確かだが、それはメーフォルンが彼を暗殺しようと企《たくら》んだからだ。

もちろん、アンジェに逃げてきたメーフォルンがそのようなことを報告するはずもなく、アルマンももちろん承知していて、あえて彼の嘘をそのままコーフィンに伝えた。

そのうえ。

「陛下には信じられないことでしょうが真実です。そして反乱には、あのボーンレラム子爵《ししゃく》とラルセン提督も加わっていたという報告もあります」

「なっ！」

あまりにも信じられない報告が続いたせいだろう。コーフィンはもう一度絶句し、そして呟《つぶや》くように言う。

「ワールスとラルセンだと……あ、あの忠義者のワールスが信じられん。

それにラルセンは、ドーンへ療養《りょうよう》のために帰ったのではなかったのか？」

「それが、傷の具合が悪くなったと仮病《けびょう》を使って、バルナークに留《とど》まられたとか。なにかを待たれている風でもあったというのが、メーフォルン殿の証言です」

「待っていたとは、ヴァンダリスをか？」

「おそらくは」

アルマンの言葉に「信じられぬ……」そう呆然《ぼうぜん》と呟いて立っていたコーフィン二世は、力なくベッドに腰《こし》掛《か》ける。

「陛下。大丈夫でございますか？」

「あ、ああ、なんとかな。エミリア」

背後から心配げに自分の顔を覗《のぞ》く若い愛妾《あいしょう》の手を握《にぎ》りしめながら、しかし、コーフィン二世は苦悩《くのう》するようにもう片方の手で、頭髪《とうはつ》が薄《うす》くなった頭を抱《かか》える。

「しかし、あのヴァンダリスがなぜ、儂に反乱など……」

「殿下はメーフォルン殿にこう申されたそうです。陛下がエイリーク将軍に命じられて、自分を殺そうとしたと」

「ば、馬鹿《ばか》な！」

コーフィンは抱えていた頭をあげて、アルマンに向かい大きな声をあげる。

「あれはエイリークの私怨《しえん》で起こった事件だ！

それがなぜ、私の仕業《しわざ》などと誤解をしたのだ！」

「これもおそらくは、エイリーク将軍が殿下のお命を取ろうとしたとき、そう言ったのでしょう。王命により、殿下のお命を頂くと、それは同じ場所にいたラルセン提督も聞かれていたはず。

ですから、提督も殿下のお命を奪うよう直接命じられたのは、陛下だと思い込まれて、今回の反乱に荷担《かたん》されたと……」

「違う！　違う！　違う！

どうして儂が、可愛《かわい》い息子であるヴァンの殺害などを命じる？　一体どんな理由で……」

「思い当たる理由がおありだったから、殿下はエイリーク将軍の妄言《もうげん》を信じられたのでしょう。

エミリア様は今、身ごもられておられます」

そのアルマンの一言だけで、コーフィンはわかったらしい。いくら凡庸《ぼんよう》、無能と陰口《かげぐち》を叩《たた》かれようと、彼もかつてはヴァンダリスと同じ皇太子であり、そして今は王である。

「まさか、エミリアの子をヴァンダリスに代わり玉座につけたいと、儂がそう思い、あれの暗殺を命じたと、そうヴァンダリスは考えているのか？」

「そう思うのが、順当な考え方でしょうな。

玉座を巡《めぐ》る骨肉の争いは、どの王家にもある話でございます」

「……ヴァンダリスに使者を立てよ！」

それは普段優柔不断《ふだんゆうじゅうふだん》と言われるコーフィンにしては、驚くほどきっぱりとした声であった。

「バルナークに使者を送るのだ！　ヴァンダリスの誤解を解くために、儂からの書簡を……」

「なりません」

ベッドから立ち上がり、自ら命じるために人を呼びかけたコーフィンの前に、アルマンが立ちふさがる。

「なぜだ！　ハロルド！」

「あのヴァンダリス殿下が反乱を起こすほどの決意を固められているのです。使者など送っても、おそらくは信用されないでしょう。

それに、どんな理由があったにしてもこれは反乱です。国王陛下に反逆することが、どれほどの罪か。たとえ皇太子であっても、それは許される行為《こうい》ではありません」

「しかし、あれは私に殺されかけたと誤解して……」

「どのような理由があったとしても……と私は申し上げました。

国王が死を命じたとしたなら、従うのが臣の道。いや、それが理不尽《りふじん》と感じたなら、直接陛下に会い、申し開きをされるのが正式な道です」

「う、うむそれは……」

皇太子とて王の臣である以上、それに従わなければならない。反逆と見なされる行為は、どのような理由があっても、即刻《そっこく》、死罪を申し渡《わた》されてもおかしくはない、大罪だ。

「しかし、生き残ったあの方はなにをされましたか？　あろうことか、国王が命じたバルナークの総督を追い出し、これを占拠《せんきょ》。アンジェに籠《こ》もる味方がいることを十分に承知していながら、その補給路を断《た》ったのです。

この行為は、外にいるアキテーヌに味方したも同然。いえ、もしかしたら、既《すで》に密約が交わされているのかもしれません」

「なんじゃと？　それはどういう意味だ？」

「メーフォルン殿の話によれば、殿下はゴートからやってきたとおっしゃっていたそうです。たしかにアキテーヌ領内から直接、バルナークに入ることは今は出来ませんから。

しかし、今度はゴートから船に乗るとなれば、敵地であるアキテーヌ領内を横断しなければなりません。戦時中とはいえ……いやだからこそ、アルビオンの皇太子が、ましてあのように目立つ殿下が、敵地を移動するのは困難だとは思いませんか？」

「うむ、確かにそうだ。……では、ヴァンダリスはどうやって？」

「ここから先は私の推測にしかすぎませんが……」

しかし、アルマンには確信があった。

今のアキテーヌ軍には、あの男が……オスカーが居る。

ルネと一緒《いっしょ》にヴァンダリスは逃《に》げたのだ。そのときの事情もあの男の耳に入っただろう。とすれば、コーフィン二世に殺されかけた……と少なくともヴァンダリス本人も、あのときあの場にいた人間達も思い込んでいる……そのアルビオンの王子に人質《ひとじち》としての価値はない。

価値はないが、しかし、使い道はある。

「恐《おそ》らく、殿下《でんか》はアキテーヌ側と密約を交わされたのです。

自らはバルナークを掌握しアンジェへの補給路を断つ。その代わりに、アキテーヌ側に中に籠もる陛下、あなたご自身の殺害を……」

「なっ！　ヴァンダリスが儂《わし》をアキテーヌ軍に売り渡したと申すか！」

青ざめるコーフィンに、アルマンは「御意《ぎょい》」と神妙《しんみょう》に答える。

確かにオスカーはヴァンダリスとの共闘《きょうとう》を申し出たのだろう。だが、あの男にも、そしてヴァンダリスにも実の父親を殺すつもりなどあるわけがない。むしろ、ヴァンダリスはアキテーヌ軍が攻《せ》め込んで、混乱するアンジェで父親を保護してくれと、オスカーに頼《たの》んだ可能性もある。

だが、アルマンはまったく正反対の言葉をコーフィンに向かいささやく。

「バルナークを占拠し、陛下に対する叛意《はんい》を露《あら》わにされたとはいえ、直接の父親殺しはこれからの殿下の風聞に関《かか》わります。

しかし、アキテーヌ軍がアンジェを奪還《だっかん》し、その混乱のうちに陛下がお亡《な》くなりになられたとすれば……殿下がバルナークで起こされた反乱など小さな事件と、見過ごされます。あの方はめでたく、アルビオン王になることが出来るわけです」

「ヴァンダリスが……ヴァンが儂の始末をアキテーヌ側に依頼《いらい》したと……のみならず、このアンジェに籠もる味方まで裏切ったと……」

「一つの国には王冠《おうかん》は一つ、また玉座も一つ。いつか手に入る物と知りつつも、人は目の前に甘い果実があれば、それが熟《う》れる前に焦《あせ》ってもぎ取ろうといたします。

とくに殿下のようにお若く、才気にあふれ、人からも英雄《えいゆう》と讃《たた》えられる。そんな方ほど、こらえ性《しょう》がないものに……」

「信じぬ！　そ、そのような！」

強い叫《さけ》びに、アルマンのほうが目を見開いた。

「あ、あれは確かに驕慢《きょうまん》なところがあった。しかし、誰《だれ》よりもアルビオンを……自ら作り上げた国を愛しておったのだ！」

それは初めてコーフィン二世が、他人の意見に左右されることなく自ら語った言葉だった。

「それを、アンジェに籠もる味方をアキテーヌに売り、まして、実の父親を売るなど大それたことを考える……そのような者ではないことは、このコーフィンがよく知っておる！」

そうして「陛下！」と取りすがるエミリアの白い手を振《ふ》り払《はら》い、部屋を出て行こうとする。

「お待ち下さい！　陛下！」

だがアルマンがその前に立ちふさがり、前に進もうとするコーフィンを阻《はば》む。

「どけ！　ハロルド！」

「どこに行かれるおつもりです？」

「お前が儂の命をきかぬとあらば、別の者にバルナークへの使者を命じる！」

「殿下は使者など受け付けられぬと、申し上げました」

「使者を出してみなければわからぬ！

もし、それが拒絶《きょぜつ》されたとあらば、儂、自らバルナークに出向く！」

「なんと……」

さすがのアルマンもこれには驚《おどろ》き、目を瞠《みは》る。

それまでさえない初老の男でしかなかった、アルビオン王という重みに押しつぶされそうで、いつもヴァンダリスに……そしてそれを失ってからは、アルマンやエミリアに頼《たよ》りきりだった王は、憤然《ふんぜん》と顔をあげ。

「我らは親子だ。話し合えば誤解だと、あの聡明《そうめい》なヴァンダリスが気づかぬはずはない」

「どけ！」とアルマンを押しのけて前に出ようとした。その顔は立派に王の顔であった。

しかし、それがコーフィン二世が見せた、最初にして最後の輝《かがや》きだったのかもしれない。

「いけません！　陛下！」

「我ら親子の仲を阻むか！　ハロルド！」

その言葉に、アルマンの顔が歪《ゆが》む。

親子の情愛など、彼が感じたこともないものだった。それが、これほどまでに強いということもだ。

腑抜《ふぬ》けだと思っていた父親を、このように決意させるほどにだ。

「ええい！　そこを退《ど》けと言っている！」

動かぬアルマンに業《ごう》を煮《に》やし、コーフィンはその手を振り上げ彼の頬《ほお》を打つ。

まったく鍛《きた》えていない太った男の手だ。打たれた衝撃《しょうげき》自体はそうたいしたものではなかったが……。

しかし、太い指にしていたその指輪が、アルマンの頬を傷つけた。

ぽたぽたと床《ゆか》に血が落ちる。

「……僕の顔を」

したたる血を手で押さえ、コーフィンを見た、そのアルマンの瞳《ひとみ》に浮《う》かぶ異様な光に、王が後ずさる。

「な、なにを言っている!?　ハロルド」

「虫けらの分際で……」

自分の思うがままに踊《おど》り、言いなりになり、自分の意思など持たない。なんの能力もない男。王といえどコーフィンとは、アルマンにとっては、今の言葉のような男だった。

その虫けらの分際で、自分の予想外の行動をし、あまつさえ、己《おのれ》を傷つけるとは！

鈍《にぶ》い音だった。

小さな短剣《たんけん》が服を引き裂《さ》く音。だが、それは的確に心臓の上を捉《とら》え、コーフィン二世の命を絶つのに十分な。

「なっ……」

初めはコーフィン二世は信じられないという顔をした。次に左胸に刺《さ》さった短剣を見下ろし、そして血走った瞳で加害者である男を見つめて、大きく一つあえぐ。

「愚《おろ》かな選択《せんたく》をなさいましたな。

私の言うとおりに動いて下されば、もう少し命が長らえましたのに」

短剣の柄《つか》をぐるりとえぐるように動かせば、コーフィンはくぐもった低いうめき声をあげて、こぽりと血がその開いた口の端《はし》から垂れる。

寝台《しんだい》にいたエミリアは、これ以上ないほど大きく目を見開いている。そしてその血を見たとたん「ひっ！」と小さな悲鳴をあげかける。

「声を出すな！　身の破滅《はめつ》だぞ！」

アルマンが鋭《するど》い言葉を放つ。そこでエミリアは息を呑《の》み、悲鳴をあげかけた自らの口を封《ふう》じ、そして目を閉じる。

「エ、エミリア……」

助けを求めるようにコーフィンが、その愛妾《あいしょう》に手を伸《の》ばした。しかし、彼女が見たくないというように背を向けたことで、なにかを覚《さと》ったのだろう。

コーフィンはアルマンの顔を凝視《ぎょうし》し。

「お、お前は」

「安心してお眠《ねむ》りなさい。あなたの王国は、この私が引き継《つ》いでさしあげますよ」

「そ、そのようなことは！」

最後の力を振り絞《しぼ》って叫ぼうとした。それも、アルマンが顔に押しつけたクッションに吸い込まれる。

そのまま床に引き倒《たお》し、馬乗りになったアルマンがコーフィン二世の顔にクッションを押しつけ続けた。

引きつけを起こすように震《ふる》え、アルマンの腕《うで》を摑《つか》んでいたコーフィンの力が弱まり、そして床にぱたりと落ちる。

そうしてようやく、アルマンはその顔のクッションはそのままに、手を外した。飛び退《の》くように王の身体《からだ》から退く。

「……どうするの？」

部屋にはしばらくの沈黙《ちんもく》が満ちたが、やがてエミリアが震える声を出す。

「どうするの？　どうするの？

陛下を殺してしまっては、殿下に罪をなすりつけることもできないわ！　私たちこそ、反逆者として死罪に……」

「大きな声を出すな。衛兵がやってくるぞ！」

そうアルマンが言えば、ぴくりと細い肩《かた》が震えて、押し黙《だま》る。その女を一瞬《いっしゅん》冷ややかな視線で見つめ、しかし、裏腹優《やさ》しい声で呼びかける。

「エミリア、心配はない」

愛妾の身体を抱《だ》きしめ、その乱れた髪《かみ》を撫《な》でながらアルマンはささやく。

「たしかにこの男の死は、予定外に早まったが、いつかは始末するつもりだった。

アルビオンの王位は、君の腹にいる子のものだからね」

「で、でも、陛下が死んだことは、隠《かく》しきれないわ」

アルマンのその態度に、エミリアも落ち着きを取り戻《もど》したのだろう。甘えるように胸にもたれかかる。

「一日隠してくれればいい。

陛下はご不快で今日は誰にも会われないと、それぐらい出来るだろう？」

「ええ、一日や二日はごまかせるわ。

でも、それ以上は……」

「それで十分だ」

答え、「さあ、準備がある」と甘える女から身を離《はな》し、部屋の外に出る。

後ろ手に扉《とびら》を閉めて、アルマンはそれに寄りかかるようにして息をついた。

そこで自分の手が震えていることに気づき苦笑《くしょう》する。指についた血は誰のものなのか？　己の頬から未《いま》だしたたる血か、それともこの扉の向こうで死体となって倒れる年老いた男のものか。

ふふふ……と思わず口から漏《も》れた低い笑い声は、まるで敗者が己を笑うように情けないものだった。いや、実際、今のアルマンの置かれた状況《じょうきょう》はそうだと言えよう。

ヴァンダリスは生きて自分の手を逃《のが》れ、そしてバルナークを押さえられた。同じく、オスカーも生きて、このアンジェを目指して行軍している。

アルマンの逃《に》げ場はもはやどこにもなかった。このアンジェに籠《こ》もる以外は……いや、それさえ、このままここにいれば確実に身の破滅であることはわかり切っている。

かといって、まるで沈《しず》む船から逃げる鼠《ねずみ》のように、人知れずどこかに逃げ、身を隠して生きることなどアルマンには出来そうもなかった。そう出来たなら、あのときに……この王宮の執《しっ》務室《むしつ》から身を投げ助かった……そのときに別の人生を歩んだだろう。ハロルド・ネヴィルとして、〝本当〟にヴァンダリスに仕え、忠実な臣として名を残すことも。

だが、世から身を隠し隠者《いんじゃ》のように暮らすことも、大人しく人の臣下として仕えることも……どちらもアルマンには選べぬ道だったのだ。

結局、自分はここに戻ってきただろう。このアキテーヌに。このアンジェに。この王宮に。

だが、その野望は今、消えた。

逃げ出すことも出来ない。

だと、すれば……あと、もう一つ自分の求めるものは……。

「オスカー……」

その名。いつでも自分の前を歩く者、そして、立ちはだかる者。野望を阻《はば》む者。

――君の小鳥を生け贄《にえ》に、君を……君の命を……。

アキテーヌの玉座が手に入らないと言うならば……。

「君だけでも……」

⚜

セシルが意識を取り戻したとき、そこはよく見たことがある風景だった。

本宮のルネの……アキテーヌ王の寝室。

そのベッドに自分が寝《ね》ていることにまず驚《おどろ》いて飛び起きる。

そこで記憶《きおく》が蘇《よみがえ》る。

「一体……？」

自分はアルマンの策略にひっかかって……。

着ている服はアルビオン軍の制服ではない。元着ていた、所々引っかけて裾《すそ》にかぎ裂《ざ》きが出来ているドレスだ。

どんな狙《ねら》いで、あの男が自分をわざわざ着替《きが》えさせてまで、こんな場所に運んだのか？

とにかく状況を把握《はあく》しなければと、ベッドから降り、歩きかけてなにかに足を取られて転びそうになる。

そこで慌《あわ》てて下を見れば、床に小太りの男性がうつぶせに倒れている。

足で感じた、その感触《かんしょく》に生きている人間とは違《ちが》うものを感じて、触《ふ》れてみれば案の定冷たい。

意を決して、その身体を正面にひっくり返して息を呑《の》む。

「これは……」

死に顔だが、しかし見覚えはある。

これはアルビオンの王のコーフィン二世だ。

その胸には、ナイフが突《つ》き刺さり、死体がすっかり冷たくなっていることと、そして胸と口にこぼれている血がすっかり固まっていることから、死後かなりの時間がたっていることがわかる。

しかし、なぜアルビオン王がこのような姿に？

セシルの混乱がおさまらないうちに、遠くからどやどやと人が近づく音がする。

「お待ち下さい！　陛下は今日はご不快にてお休みに……」

「危急の事態である！　地下牢《ちかろう》から囚人《しゅうじん》が逃げ出したのだ！　王の身が危《あや》うい！」

引き留める女官の声に重なるのは、聞き間違《まちが》うはずもないアルマンの声。

乱暴に両開きの扉が開け放たれる。

「王！」

「陛下！」

女官がきゃあーと悲鳴をあげ、そして兵士達も驚きの声を次々と上げる。

そしてアルマンは、呆然《ぼうぜん》としているセシルを指さし告げる。

「その女が犯人だ！　捕《と》らえよ！」

「違う！　気が付いたときにはもう既《すで》に！」

しかし、セシルの言い訳に耳を傾《かたむ》けるものなどこの場所にはいない。たちまち兵士に囲まれ、羽《は》交《が》い締《じ》めにされ、縄《なわ》をかけられる。

セシルは全《すべ》てを覚《さと》った。

自分をわざと逃がしたのも、そしてあんなややこしい仕《し》掛《か》けを作ったのも、自分をコーフィン二世の殺害者に仕立て上げるため。

「アルマン！　謀《はか》ったな！」

兵士に引きずられるようにして連れて行かれるセシルの叫《さけ》びを、アルマンは傲然《ごうぜん》と無視し、そして微笑《ほほえ》んだ。

6

「お前達！　どこへ行くつもりだ！」

天幕の入り口にかかった布を乱暴に撥《は》ね上げて、中をのぞき込んだサラヴァントは大きな声を上げた。

「アンジェに向かいます」

荷物を袋《ふくろ》に詰《つ》め込んでいたヨハンが顔をあげ答える。サラヴァントの下で、元は傭兵《ようへい》だったエーベルハイトの山の民《たみ》をまとめ上げている男だ。

他の者達も同様、サラヴァントの声に、荷物を畳《たた》む手を止めはしたが、しかし、こちらを見る瞳《ひとみ》はいずれもその決意は固《かた》い。

サラヴァントはため息をつき。

「お前達だけで、アンジェに向かってどうするつもりだ？　アルビオン軍とはとてもまともに戦えまい？」

「ひそかに王都に潜入《せんにゅう》し、姫《ひめ》様をお助けします」

「それが愚《おろ》かだと申しているのだ！

お前達は山野で戦うことは得意でも、街や城に潜入することなど、したことはあるまい？　勝手もわからぬアンジェの広大な宮殿《きゅうでん》で、姫様の居場所もわからず潜入してどうする？　捕《つか》まれば、お前達の命はないぞ」

「それも覚悟《かくご》のうえです。姫様さえ助かるなら、我らの命など惜《お》しくはありません」

「馬鹿者《ばかもの》！　たしかに戦《いくさ》は命がけだが、しかし、無駄《むだ》に命を落として良いわけではない！

お前達のそれは、勇気ではなく無謀《むぼう》だと言っているのだ！

それに、我らはアキテーヌ軍と合同して事にあたっているのだぞ！　違う国とはいえ、共に戦う軍となれば、足並みをそろえるのは当然のこと。それを黙《だま》って抜《ぬ》け駆《が》けなどすれば、勝敗にかかわる大事になるかもしれないのだぞ！

それがわからぬお前達ではあるまい？」

今度の戦が初めての兵ではないのだ。実戦という意味では、戦場を渡《わた》り歩いてきた元傭兵達である。軍において、足並みの乱れがどれほど勝敗を分けるかは、わからない彼らではない。

サラヴァントの言葉に、一瞬《いっしゅん》は沈黙《ちんもく》したエーベルハイトの兵士達ではあったが、今度はヨハンではなく、一番年若いハンスが堪《たま》らずといった様子で叫ぶ。

「そのアキテーヌ軍が姫様を見捨てると言っているから、俺たちは姫様を助けに行くんです！」

ハンスの言葉にサラヴァントは驚きはしなかった。

ここ数日、陣中《じんちゅう》を騒《さわ》がせている話題であるからだ。

「マルガリーテ姫様が、ルネ陛下との婚約《こんやく》を破棄《はき》され、アルビオンのまだ愛妾《あいしょう》の腹の中にいる王子と婚約されたと、そんな話をお前達は本気にしているのか？」

先日、アンジェからアルビオン軍からの使者と称《しょう》する、神父がやって来た。

神に仕えるものは元々どこの国にも属さず、中立の立場をとっている。その神父も法王庁からアンジェの教会に派遣《はけん》されたゴート人で、使者として最適ではあった。

まして、結婚の話題となれば。

西大陸で結婚するとなれば、どのような身分の者でも、教会の承諾《しょうだく》が……つまりは法王庁からのお墨《すみ》付きが必要である。出生の証明から、結婚、死に至るまで、教会の世話にならない人間などいないのだ。

それは国主のあいだにおいても例外ではない。

そのゴート人の神父は、エーベルハイトの大公女マルガリーテと、アキテーヌ国王ルネの婚約破棄《はき》を法王庁の代理人として受け入れたと告げ、新たにマルガリーテは、産まれてもいないアルビオンの王子と婚約したと、伝えに来たのである。

もちろん、これは正式な受理ではなく、法王庁にて了解《りょうかい》を取らねばならないが、当事者の一人でもあるルネの意志を確認《かくにん》しにきたと。

もちろん、アキテーヌ側としてはこれを拒絶《きょぜつ》した。

マルガリーテが捕らえられている状態で、彼女の意志が確認できないというわけである。

オスカーからこの事態をきいたファーンとサラヴァントは、これを一般《いっぱん》の兵士達には知らせないようにと頼《たの》んだ。もちろんオスカーもそのつもりであったのだが。

客観的にみれば、どう考えても人質《ひとじち》であるマルガリーテの意志などまったく無視した、一方的婚約発表である。しかし、エーベルハイトの兵士達がこの事実を知れば、アキテーヌがマルガリーテを見捨てるのではないか?と、いらぬ危惧《きぐ》を抱《いだ》くかもしれない。

事実、ルネだけが助かり、マルガリーテが人質に残された。それだけでも、兵士達はかなり動揺《どうよう》しているのだ。アキテーヌの兵士達も悪意はないのだが、上の事情など知らずに、あとはアンジェを陥《お》とすばかりだと言い合っていれば、エーベルハイトの兵士達の不安はますます募《つの》る。

「あれは、姫様の意志でないことはお前達にもわかるだろう?

陛下も使者の神父に向かいきっぱりと、婚約の破棄はしないと断られている」

「それは当たり前です。

いくら格式があるとはいえエーベルハイトのような小国の公女に振《ふ》られたなど、大アキテーヌの王である陛下が認めるはずがないと、あの神父様はおっしゃられていました！」

「ハンス！　あんな神父の戯言《たわごと》をまともに受けるな！」

そうなのだ。箝口令《かんこうれい》を敷《し》いた、そう思った矢先、思わぬところから、兵士達に情報が漏《も》れた。

なんと使者にやってきたゴート人のその神父が、わざわざエーベルハイトの兵士を呼び止めて、話したというのだ。

そのうえ、その神父は親切顔で。

『あの公明正大なモンフォール公に限って、そのようなことをなさらないとは思うが、君たちがなにも知らずにアンジェに攻《せ》め込んで、万が一にでもマルガリーテ様がお気の毒なことにならなければよいと思うが……』

と、暗にオスカーがマルガリーテを見捨てると、そのようなことまで匂《にお》わせたというのだから。

「それがお前達の動揺を誘《さそ》い、エーベルハイトとアキテーヌの仲を裂《さ》こうとする、アルビオン側の陰謀《いんぼう》だとわからないのか？」

「しかし、あの神父様はゴート人ですよ」

「ゴート人である前に、黄金の塊《かたまり》が大好きな法王庁の人間だ。

おおかた、旅行の荷物が重くなるほどに、アルビオン金貨をはずんでもらっただろうさ！」

その神父であるが、それだけの置き土産《みやげ》を残して、自分は早々に法王庁に旅立ってしまった。

サラヴァントがエーベルハイトの兵士達に詰め寄られ、その事実を知ったのは、神父が陣《じん》から居なくなったあと。

追いかけて、腰《こし》の双剣《そうけん》の錆《さび》にでもしてやろうか？とも思ったが……いや、今となっては本当にそうすればよかったと、サラヴァントは思う。

目の前の兵士達の思い詰めた顔を見ればだ。

「とにかく、落ち着いてよく考えろ。

アンジェに行ってもお前達ではマルガリーテ姫は助けられない。それより、アキテーヌ軍と協力して……」

「モンフォール公様は、本当に姫様を助けようとお考えなのですか？」

口を開いたのは再びヨハン。

その口調は詰め寄るものでも、怒《いか》りのままに叫ぶものでもなく、静かな訊《たず》ねる調子で、だからこそ、その苦悩《くのう》の深さがわかる。

「決まっている！　姫様はルネ陛下の婚約者というだけではない。エーベルハイトは、アキテーヌの同盟国であり、今は共に戦っている連合軍の一翼《いちよく》でもある。それをないがしろにすることなど、公に限ってあり得ない！」

「たしかに、サラヴァント様がそこまで信頼《しんらい》なされている公です。我らもお信じ申し上げたい。しかし公はエーベルハイトの宰相《さいしょう》ではなく、アキテーヌの宰相様です。いざとなれば、アキテーヌの利益を優先なさるのではないのですか？」

「それは……」

違《ちが》うと、正直なサラヴァントは言い切ることが出来なかった。

確かに最終的にどれかを切り捨てなければならないとなれば、アキテーヌの宰相として、彼は祖国を選ぶだろう。

それは卑怯《ひきょう》でも狡猾《こうかつ》でもなく、施政者《しせいしゃ》として当然の判断であり、そういう厳しい選択《せんたく》が出来る男でもあることを、サラヴァントは承知していた。

そして、ハンスもまたそこを突《つ》いた。

「それ以上に我らが恐《おそ》れているのは、あの方の厳格さです。奥方であるセシル公妃《こうひ》が人質に取られているというのに、あの方は軍の歩みを止めようとはなさらず、アンジェに向かわれています」

そう、確かに、離宮《りきゅう》で兵に十分な休息を取らせたあと、オスカーはアルビオン側に接触《せっしょく》することなく、軍をアンジェへと進めている。

セシルやマルガリーテのことで、アルビオン側と交渉《こうしょう》しようとする気配も見せない。

その理由はサラヴァントにはよくわかっていた。

ヴァンダリスが居ない今、コーフィン二世のそばにいてこれを操《あやつ》っているのは、ハロルド・ネヴィルと名を偽《いつわ》っている……アルマンだ。

彼に向かって、セシルやマルガリーテの身柄《みがら》と引き替《か》えに、なんらかの条件を出すのは無意味なことだ。取引が成立したように見えても、彼はかならず策を弄《ろう》してこちらを翻弄《ほんろう》するだろう。もともとアルビオンに対して忠誠心などみじんもないあの男は、味方の軍の損害も気にはならないだろう。

全《すべ》ては己《おのれ》の野望を成し遂《と》げるための、踏《ふ》み台にしか過ぎないのだから。

しかし、エーベルハイトの兵士達にそれを説明することは難しい。彼らから見れば、この戦《いくさ》は、あくまでアルビオンとアキテーヌの戦いであり、エーベルハイトはそれに巻き込まれたと思っているのだから。

「ご自分の奥方さえ見捨てる方なのです。まして他国の公女となれば……」

「まだ公ははっきりと公妃のことを諦《あきら》められたわけではない！　それに公妃と、姫《ひめ》様ではお立場が違う！　公妃はモンフォール公の妻にすぎないが、マルガリーテ様はエーベルハイトの国主だ！」

セシル側から見れば、ひどい言い様ではあるが、しかし、この場合は兵士達を押さえつけるために仕方がないと、サラヴァントは口を開く。

「ですが、姫様はアキテーヌの王ではありません。あの方が大切なのは、アキテーヌの国だけではありませんか？」

「ハンス！」

「サラヴァント様、申し訳ありません！　我らはやはりアンジェへと向かいます！

勝手な行動を起こしたと、我らを除隊されてもかまいません。いいえ、生きて戻《もど》ったならば、どのような処分でもお受けします。

く。

しかし、サラヴァントが止めるのもきかず、兵士達は自分の荷物を肩《かた》に担《かつ》いで天幕を出て行く。

「ま、待て！　ハンス！」

慌《あわ》てて、外に出て行った兵士達のあとを追いかけたサラヴァントは、その前に立ちふさがる一人の男を見た。

ファーンだ。

「そこをお退《ど》き下さい。デュテ卿《きょう》」

先頭に立つハンスが静かに告げる。

しかし、ファーンは動かない。そのうえ無言のまま、兵士達の顔を見ている。

さすがにこの男でも軽口を叩《たた》く余裕《よゆう》はないかと、サラヴァントは思ったが。

「退いてください！

我らは姫様を助けに参るのです！　いくら卿であっても、邪魔《じゃま》するならば……」

「すまない」

ファーンは一言そう告げると、なんと地面に手をつき兵士達に向かい頭を下げた。

「今回の事態を招いたのは、全ては俺のせいだ！」

「デュ、デュテ卿！　お顔をお上げ……」

「あれは事故だったと、みんなが言ってくれるが、しくじりはしくじりだ。あのとき、俺が上《う》ことはなかった！」

手《ま》く馬車を御《ぎょ》せていれば、姫様が外に投げ出されることもなく、セシル公妃も巻き添《ぞ》えになる

「俺たちは卿を責めてなどおりません！　どうか……」

「そのうえ俺は、姫様を見捨てて逃《に》げた」

ファーンの言葉に、エーベルハイトの兵士達もそしてサラヴァントも息を呑《の》む。

「……みんな気になっていたことじゃないのか？

馬車から投げ出された姫様をどうして俺が馬車を戻して迎《むか》えにいかなかったのか？　そうせずに逃げたのか？ってな」

ファーンは地面に手をついた姿勢から、そのまま直《じか》に座り込み口を開いた。

「卑怯者、臆病者《おくびようもの》の戯言と信じてくれないかもしれないが、姫様が言われたんだ。そのまま、ルネ陛下をつれて俺に行けとな。

たしかにあのまま戻れば、アルビオン側の追っ手に追いつかれ、姫様やセシル公妃だけじゃなく、ルネ陛下やこの俺も囚《とら》われの身になっていただろう。

それ以上に、姫様はよくわかってらっしゃった。自分よりも、ルネ陛下が再び囚われの身となっては、どれほどの影響力《えいきょう》を及《およ》ぼすか」

「自分が助かりたいために、将来の夫を巻き込んで人質《ひとじち》になったなどと、世間に知られればエーベルハイトの大恥《おおはじ》だ」そんな風にマルガリーテらしく言ったのだと、ファーンは語り。

「だが、あの方はけして自分の身を粗末《そまつ》にされて、俺に『行け』とおっしゃったのではないと

思っている。

俺たちを逃がしたのは、必ず自分を迎えに来てくれると、俺たちを信じて下さったからだと思う」

そこでファーンは言葉を切り、押し黙《だま》って彼の話を聞いているエーベルハイトの兵士達の顔を見回す。

「……それはエーベルハイトの俺たちだけではないぞ。婚約者《こんやくしゃ》のルネ陛下やそれにモンフォール公、アキテーヌの兵士達。全ての人々が協力して、ご自分とセシル公妃を助けに来てくれると、あの方はそう思ってあそこに残られたのだ」

「ですが、このままアキテーヌ軍が姫様を見捨てたら、アルビオン軍に……」

焦《あせ》って口を開いたハンスを、ファーンは真っ直《す》ぐ見る。

「それはあり得ない。あの方の身は安全だ。

俺たちからみれば茶番だが、しかしアルビオンから見れば姫様は、将来産まれる王子の婚約者だ。わざわざあんな神父に頼《たの》んで、法王庁にまで報告に行かせたのだから、これは正式な手続きだ。

いわば、身内となった姫に危害を加えることなんて出来ないということだ。まして、姫様はアキテーヌ王の婚約者だったとはいえ、アンジェに遊学中のエーベルハイトの国主。あちらは、客人として招待しているのだ、なんだかんだと言い訳をほざくだろうが、本来なら、この戦《いくさ》には関係なく自由に、シュヴィッツにもロンバルディアにも行くことが出来るし、エーベルハイトに帰ることも出来るんだ。

それをお前達だけで助けるだと？　成功の見込みは少ない上に、お前達が死んだとしれば、あの方は泣いて怒《おこ》るだろうな。なんと無謀《むぼう》なことをしたものだと」

マルガリーテが嘆《なげ》く……そうきいて兵士達は一気に意気消沈《しょうちん》してうつむく。

「とにかく、姫様の望みは、アキテーヌとエーベルハイトの両軍が協力して戦い、アンジェに攻《せ》め上って、王都を奪還《だっかん》したのちに自分を助けることだ。

お前達だけ先走って、両国の和を乱すことは許されない。どうしても行きたいというなら、まず姫様をあの場に残した、この俺を血祭りに上げて行け！」

「そ、そのような……こと……」

「出来ないなんていうなよ！　ヨハン！

上官の命令を無視して勝手に動けば、立派な軍規違反《いはん》だ。まして、単独でアンジェに潜入《せんにゅう》しようと計画したなど、これはエーベルハイトとアキテーヌの同盟を壊《こわ》しかねない、立派な国家に対する反逆だ」

「俺たちはそんなつもりは！」

そう叫《さけ》ぶハンスに「わかっているさ」とファーンは微笑《ほほえ》み。

「俺もお前達を反逆者などにはしたくない。

だから、アルビオン側の煽動《せんどう》などに惑《まど》わされるな。今は、アキテーヌ軍をモンフォール公を信頼《しんらい》して、耐《た》える時だ。どうか、こらえてこのまま天幕に戻ってくれ。

「頼む」

そう、もう一度ファーンに頭を下げられては、エーベルハイトの兵士達も大人しく、天幕に戻るしかなかった。

✥

「宰相閣下《さいしょう》！　エーベルハイトの兵士達が！」

慌てふためいた様子で、一人の将校がオスカーのいる天幕に飛び込んでくる。

「どうした？」

「は、それが……」

彼は、先ほど起こった顚末《てんまつ》をオスカーに報告した。

「それで、兵士達は天幕にもどったのだな？」

「はい。デュテ卿の説得に応じて、ひとまずは……」

「ならば大事はない。放《ほう》っておけ」

「は、しかし……」

それで良いのか？と狼狽《うろた》える将校に、傍《かたわ》らにいたメシアン元帥《げんすい》も口を開いた。

「良いのですか？

エーベルハイトの兵士達は少数とはいえ、それが反乱を起こしたとアキテーヌの兵士達が知れば、動揺《どうよう》がひろがるでしょう」

「反乱など起こしてはいません。兵士達は大人しく天幕に帰ったというのは、報告のとおりです、元帥」

「しかし、彼らが荷物をまとめて、陣《じん》を出て行こうとしたのは、事実でしょう。

このまま放っておいて、また同じことをされれば、アルビオンとの決戦を前に、良くない影響が出るかもしれません」

「だから、アキテーヌの部隊と同じく処罰《しょばつ》しろと申されるのですか？

アキテーヌ軍に比べれば、遥《はる》かに小隊とはいえエーベルハイトは独立した国家であり、彼らはあくまで同盟軍です。

もし、万が一、彼らが部隊を離《はな》れるとあれば、私たちにそれを押しとどめる権利も、罰《ばっ》する権利もありません。もちろん、アキテーヌ国内でなにか起こされるとあれば、話は別です。

さっきの話のようにマルガリーテ姫《ひめ》の奪還のためにアンジェに向かうということが、はっきりとすれば、そのような勝手はしてはならぬと、阻《はば》まねばなりませんが」

「では、公としてはあちらが暴動を起こすまで放っておかれると」

「そういうことになるが、しかし、デュテ卿やサラヴァント卿も無能ではなく、むしろ優秀《ゆうしゅう》だ。二度も騒《さわ》ぎを起こされるような、そのような事態にはならないだろう」

「そうだとよいのですがな」

メシアン元帥が白い髭《ひげ》を扱《しご》いたところで、今度は別の将校が「大変です！」と飛び込んでくる。

「今度はなんだ？」

「ア、アルビオンから……」

「また、くだらぬ使者が来たか？」

「そうではありません！　アンジェで捕虜《ほりょ》となった兵士や、密偵《みってい》と疑われて捕《と》らえられていた者達が、アンジェを追放されてこの陣中《じんちゅう》を訪ねてきたのです」

　つい先ほどのことだという。つまりは、エーベルハイトの兵士がアンジェに行く、行かないと揉《も》めている頃《ころ》だ。

「なんだと？」

　オスカーはけげんに眉《まゆ》をよせる。

　おそらく、それはアルマンの考えだろう。今、奴《やつ》は完全にコーフィン二世を、アルビオンが占領《せんりょう》しているアンジェを掌握《しょうあく》している。

　が、単純に邪魔《じゃま》になった囚人《しゅうじん》を追放という名目で解放したと、そうは思えない。

「その者たちが、解放されるときにアルビオン側に申し渡《わた》されたことがあると」

「なんだ？」

「アルビオン国王、コーフィン二世が崩御《ほうぎょ》したそうです」

「なっ！」

　これにはオスカーも驚《おどろ》き、隣《となり》のメシアン元帥も髭を扱く手を止めて、皺《しわ》に埋《う》もれた目を見開く。

「死因は暗殺。犯人は……そのモンフォール公妃《こうひ》様だと」

「馬鹿《ばか》な！　囚《とら》われの公妃様がどうして⁉」

そう叫んだのは元帥。訊《たず》ねられた将校は「わかりません」と首を振《ふ》る。

「わからんではない！　なぜそうなったのだ⁉」

その将校が悪くはないのだが、あまりに衝撃《しょうげき》的な報告に普段《ふだん》は温厚《おんこう》なメシアン元帥も、おもわず彼に詰《つ》め寄る。今は髪《かみ》も髭も白い元帥ではあるが、しかしその身体《からだ》は軍人らしく大柄《おおがら》で、報告にきた将校より頭一つ分高い。

将校は「とにかく解放された者達は、アルビオン側から一方的に話を告げられただけのようなのです！」と悲鳴のような声をあげ。

「……なので、どのような形でアルビオン王が殺されたのかはわかりません。

とにかく、モンフォール公妃がその犯人とされ、アルビオン側はその処刑《しょけい》を三日後にすると……」

「三日後だと⁉」

メシアン元帥は驚きの声をあげ、オスカーを振り返る。「モンフォール公……」と震《ふる》える声を出す元帥には応《こた》えず、オスカーは将校に訊ねた。

「処刑の場所は？」

「はい。ギョーム二世陛下の戦勝広場にて、正午と」

「アンジェの市民の前で、公妃を殺そうというのか！」

メシアン元帥はうなるような声で言い、続ける。

「しかも、三日後とはまるで……」

「いや、狙《ねら》ったものでしょう。三日後にはアキテーヌ軍がアンジェに到達《とうたつ》する。それを計算して」

「公妃の命を盾《たて》にしたと？」

「ならば無駄《むだ》なことです」

オスカーは冷ややかに言う。メシアン元帥とは対照的に、彼の態度にはまったく乱れはない。

「セシルは私の妻にしかすぎません。

「モンフォール公？」

それでアキテーヌ軍がアルビオン軍への攻撃《こうげき》をためらうことなどあり得ない」

「では、公妃を見捨てられるとおっしゃるのか⁉　公！」

メシアンの問いかけに、オスカーは沈黙《ちんもく》した。

「……すみませんが、しばらく一人にして頂きたい」

オスカーの言葉に、なにか言いかけたメシアン元帥だったが、その手が白くなるほど握《にぎ》りしめられ震えているのを見て、口を閉《と》ざす。

「わかりました、諸君、出よう」

知らせに駆《か》けつけた将校達を促《うなが》し、メシアン元帥は天幕を出て行った。

――セシル……。

一人残されたオスカーは、その名を、しかし声には出さず心の中で呟《つぶや》く。

天幕から人が出て行ったとはいえ、誰《だれ》が自分の声を聞いているかわからない。今の自分の動揺を、決戦を前にしたアキテーヌの兵士達に知られるわけにはいかなかった。

処刑は三日後、アキテーヌ軍がアンジェに総攻撃をかける、その日に。

これはアルマンからオスカーへの挑戦状《ちょうせんじょう》だ。

愛《いと》しい妻を助けに、自らアンジェに乗り込んで来いという。

⚜

アンジェの王宮の一室。

中央に置かれた卓《たく》には大臣や将軍達が居並び、その中央にあるひときわ豪奢《ごうしゃ》な椅子《いす》にはエミリアが座り、その隣にハロルド・ネヴィルことアルマンが座っている。

愛妾《あいしょう》であるエミリアが、閣議に参加するなどおかしな話ではある。いや、彼女は今やその愛妾でさえない。コーフィン二世が死亡してしまったのだから。

しかし、この非常事態が愛妾を王の座るべき椅子に迎《むか》える、その状況《じょうきょう》を作り上げていた。

皇太子であるヴァンダリスがいない今、彼女の腹の中にいる子だけが、妾腹とはいえアルビオンの玉座を受け継《つ》ぐべき御子《みこ》なのだ。

そのうえ、コーフィン二世の遺言状《ゆいごんじょう》がある。コーフィン二世の死後、エミリアが預かっていたと大臣達に示した羊皮紙には、ヴァンダリスの〝死〟を受けて、エミリアの腹の子を次の王とすること。自分に万が一のことが起こった場合、エミリアと腹の子の後見をハロルド・ネヴィルに一任し、摂政《せっしょう》とすると書かれてあった。

あまりにも都合が良すぎるその遺言状に、周りは危惧《きぐ》を抱《いだ》いて当然ではあったが、表だって反論や抵抗《ていこう》の意志を示すものは一人もいなかった。なにしろ、その前に生きていたコーフィンの手によって、アルマンに反目する主立った大臣や将軍達が粛清《しゅくせい》されてしまっている。

かといって、すべてがアルマンに従う都合のよい大臣達や将軍達で占《し》められているとは、とても言えない状態である。

アルビオン軍はもともと、統合したばかりの三国の寄り合い所帯だ。征服者《せいふくしゃ》であるログリス人達は、他の二国の人々をどうしても見下す傾向《けいこう》にあり、その二国もログリスに恨《うら》みを未《いま》だ残している。

それでも国に仕える人間ならばその意識が薄《うす》いと思いたいのだが、なかなかどうして。その微妙《びみょう》な不和のうえに、今度は出世欲や名誉《めいよ》欲がからむのだ。一つの国の意識などなく、ログリスにノースフェラント、エンスデル。それぞれの立場で口を開き、他の国の大臣や将軍が突出《とっしゅつ》した発言をすれば「それは違《ちが》うだろう」と即座《そくざ》に否定し足をひっぱる。

ああでもないこうでもないと、結論など出るわけもない。

ようするに、会議はさきほどから紛糾《ふんきゅう》していた。

「一体、どうしたらいいのだ⁉」

ノルバルト将軍がドンと机を叩《たた》く。といっても、最近将軍になったばかり、アルマンが仕掛《しか》けた粛清の嵐《あらし》により、上官である古参の将軍が更迭《こうてつ》された、その後釜《あとがま》だ。

なにしろ、ヴァンダリスの事件に続き、今回のコーフィン二世の暗殺事件である。

その犯人……とされている、モンフォール公妃は捕縛《ほばく》され、即決《そっけつ》の裁判で死罪を申し渡したが、しかし。

「陛下が崩御され、外にはアキテーヌ軍が迫《せま》っておるのだぞ！」

「返す返すも憎《にく》いのは、陛下を殺したそのモンフォール公妃であるが……」

将軍に応えた、エンスデル人の大臣ニティヴィスが言いかけてなんとなく気まずそうに、言葉を濁《にご》らせる。閣僚《かくりょう》として今は数が少なくなった、ログリス人の大臣や将軍達に睨《にら》まれたからだ。

なにしろアルビオン国王がその寝室で、敵方であるモンフォール公妃に殺されたのだ。見張りの兵士達は公妃に隙《すき》を衝《つ》かれて逃《に》げられたというが……しかし、それが深く追及《ついきゅう》されなかったのは、もしや王が……という危惧があったからだ。

なにしろ、相手はあのヴァンダリスさえ虜《とりこ》にした貴婦人で、世間の噂《うわさ》でも大陸一の美姫《びき》と名高い。若い愛妾を持って、遅《おそ》まきながら女性に興味をもったコーフィンがその食指《しょくし》を動かしても……不思議ではない話だ。

事実、コーフィンのそばにいた公妃のドレスは、乱暴されたようにすそが破れ、血で汚《よご》れていたという。

ともあれ、そんな事実が下々の者に知れれば、アルビオンの汚点《おてん》であるから、コーフィンの死の詳細《しょうさい》には箝口令《かんこうれい》が敷《し》かれている。その死体も、アルマンの命によって宮殿の一角にある歴代アキテーヌ王が眠《ねむ》る、地下墓地へと運ばれ、冷たい石の床《ゆか》の下に封印《ふういん》されてしまった。

「アキテーヌの黒公爵《くろこうしゃく》の奥方だが、処刑を決めたのは早計だったのではないか？　その夫人の身柄《みがら》を引き替《か》えに、我らが安全にアルビオンへと撤退《てったい》する。その譲歩《じょうほ》を引き出せば……」

「まだ、直接アキテーヌ軍と戦ってもいないのに、早々に撤退の話など。それこそ早計だと思いますが？」

ノルバルトの言葉を遮《さえぎ》るようにアルマンが口を開く。成り立ての将軍は、ムッとした表情でアルマンを睨み付け。

「ネヴィル卿《きょう》、お言葉ではあるが、陛下も殿下も居ない今、意地を張り戦ってなんになる？　このアンジェに立てこもり、アキテーヌと戦っても、未来などないとは思われぬか？　それより、本国にもどってゆっくりと再起を……」

「本国に戻《もど》るのには、バルナークを経由しなければなりません。今は、それが不可能です」

「なにをいっておられるのです？　バルナークは我らが占領《せんりょう》しているのですぞ」

「現在はそうではありません」

「なんですと？」

そこで、アルマンに呼ばれて一人の男が入ってきた。メーフォルンである。

バルナークの総督《そうとく》である彼がなぜここに⁉という顔をする、アルマン以外の大臣と将軍達に、彼は告げる。

「バルナークはヴァンダリス殿下を名乗る男によって掌握《しょうあく》、占拠されました」

その言葉に、一気に部屋がざわめく。

「殿下が？」

「生きていらっしゃったのか？」

「いいえ、違います。

その男は殿下の名を名乗っていますが、真っ赤な偽物《にせもの》です。たしかに、よく似ている男ではありますが、その気品や威厳《いげん》はとても本物の殿下の比ではありません」

メーフォルンが大臣達の言葉をすかさず否定する。

バルナークにいる〝本物〟のヴァンダリスが聞いたら、苦笑《くしょう》するような言葉を平然と述べる。

「しかし、その偽物が簡単にバルナークを占拠したとはにわかに信じられない。

あなたはバルナークの総督として、全権をまかされており、駐留《ちゅうりゅう》の部隊もいたはずだ？」

一人の大臣の言葉に、メーフォルンはもっともですとばかりにうなずく。

「それが、協力者がいました。いや、彼らこそが殿下の偽物を仕立て上げ、バルナークを乗っ取った主犯であると私は思っています」

「協力者とは⁉」

「ボーンレラム子爵とラルセン提督です」

「なっ……！」

居並ぶ大臣や将軍達はにわかに信じられないと絶句する。気性《きしょう》は荒《あら》いが忠義者であるワールスと、先々代コーフィン一世の信頼《しんらい》も厚く、シェナまで旅をした大提督であるラルセンが、そのような行為《こうい》をするなど。

「二人が、その殿下の偽物を本物だと言い張り、兵士達を煽動《せんどう》したために、私は抵抗らしい抵抗も出来ず、総督府を占拠されてしまったのです。

この命さえも危《あや》うかったのですが……この失態をせめてアンジェにいる陛下に知らせねばという執念《しゅうねん》のみで、脱出《だっしゅつ》。今朝、到着《とうちゃく》したのですが……まことに残念です」

そう沈痛《ちんつう》に目を閉じ顔を伏《ふ》せて、いかにもコーフィンの死を悼《いた》み悲しんでいる、そんな態度を取る。

実は、メーフォルンは今朝などではなく、そのコーフィンが死ぬ前日には、このアンジェに到着していたのだ。そして、それがコーフィンの死を早める原因ともなった。

だが、何食わぬ顔で、この〝元〟バルナーク総督は、レースのハンカチで涙《なみだ》をぬぐう仕草をし、口を開く。

「とにかく、バルナークは今、その偽物とボーンレラム子爵、それにラルセン提督によって、占拠されています。

このアンジェにいるアルビオン軍が戻るのは、大変危険です」

メーフォルンの報告に大臣や将軍達はこそこそとお互《たが》いに話し合ったが、しかし、提案をするものは一人もいない。

なにしろ、唯一《ゆいいつ》の退路であるバルナークがそのような状況《じょうきょう》であれば、手のうちようもない。外にはアキテーヌ軍が迫っている。

完全にこのアンジェに閉じこめられるような形になってしまったのだ。それに、バルナークからの補給が望めない以上、一月、二月は保《も》っても、半年、一年となれば保たないだろう。

もっともそうなる前に、オスカーがただ黙《だま》ってこのアンジェを包囲しているとは思えないが。

バルナーク経由で本国に戻ることも出来ず、しかし、このアンジェに籠《こ》もっていても未来はない。

「……こうなったら、アルビオンに戻ることが先決だ。

アキテーヌ側にこちらの撤退を条件に和議を申し入れては？」

「それは降伏《こうふく》ということですかな？」

「降伏などではない！　和議だと言っている」

「あちらから見ればそういうことでしょう。バルナークを封《ふう》じられた今となっては、我らは籠《かご》の中の鳥も同然だ」

「もう一つ申し上げれば……」

それまで、沈黙《ちんもく》していたアルマンが口を開いたことに、人々の注目が集まる。

いずれもアルビオンの大臣に将軍だというのに、まるで見捨てられた子供のように不安な顔だ。

彼らは追いつめられている。

そして自分も……。

そう考えてアルマンは、心の中でわき上がる笑《え》みに不思議な気分になった。

大臣、将軍達の腹の内は、このアンジェを一刻もはやく逃《のが》れたいということだろう。認めたくはない、考えたくはないが、しかし、このまま続けていれは、この戦《いくさ》は負ける。

どうせ負けるならば、その損害は小さく。なにより自分の命が惜《お》しい。生きてアルビオンへと帰りたい。

だが、アルマンの気持ちは逆だ。

たとえ死んでも自分はここを離《はな》れるわけにはいかないのだ。ここでまた逃げれば、自分はおそらく一生陰《かげ》で暗躍《あんやく》するのみの存在となる。

そうなれば、生き延びられても、王になることは出来ない。

自分のもっとも欲《ほっ》する王冠《おうかん》が手に入らないというならば……。

「バルナークにいる勢力が、アキテーヌと協力して、我らが軍を挟撃《きょうげき》する可能性もありますな。我らから見ればどうみても偽物のヴァンダリス殿下《でんか》ではありますが、しかし、この戦の混乱に乗じて、あちらこそが正統で、こちらが反乱軍だと……」

「馬鹿《ばか》な！　我らはアルビオン王を頂く正規軍ですぞ！」

「そのような馬鹿げた理屈《りくつ》が……」

「しかし、戦に負け、捕《と》らえられれば、あちらが勝者です。こちらを煮《に》るなと焼くなと自由にできるでしょう」

その言葉に、水を打ったように一瞬《いっしゅん》静まり返った部屋ではあったが、ふたたび「どうするのだ!?」という叫《さけ》びが起こり、皆《みな》、口々に自分の意見を言い合う、大騒《おおさわ》ぎとなる。

アルマンはその様子を冷ややかに見つめ、口元に微笑《びしょう》を浮《う》かべた。

彼らを追いつめ、ここで戦うという決意を固めてもらわなければならない。全《すべ》ての退路を断《た》って、がむしゃらにアキテーヌ軍と戦ってくれるのならば、まだ駒《こま》として使い道があるのだ。

逃《に》げ道がないのは自分も同じ、あえて退路を断って、ここでオスカーと対決するのも。

――それにまだ負け戦などと思ってはいない。まだ僕の手には……。

まだ切り札が、あの黄金の小鳥がいるのだ。

結局、その後もたいした案など出るわけもなく、会議は散会となった。

7

アキテーヌ軍が去った、シェレの離宮《りきゅう》は閑散《かんさん》としていた。

元々、こんなときでもなければ、一年に一度も使われることもない離宮だ。それでも維持《いじ》のために人はいるが、これほどにぎやかになったのは、それこそ先代のギョーム三世の狩猟祭《しゅりょうさい》以来。約十年ぶりだと、管理をまかされている伯爵《はくしゃく》の夫人がいっていた。

しかし、この静けさが今は、あの方の心の安らぎとなるだろう。そう思いながら、シュザンナは部屋の扉《とびら》を開ける。

「ピネ様！　なにをされているのです！」

シュザンナはベッドを離れて佇《たたず》むピネを見て、思わず大きな声をあげる。

「それに、その服装は……」

ピネの格好は、帽子《ぼうし》にマント姿。明らかな旅装束《たびしょうぞく》だ。

「どこに行かれるつもりなのですか？　お医者様はまだ安静になされていたほうが良いとおっしゃって……」

「アンジェへ、旦那《だんな》様のあとを追いかけます」

その言葉に、やはりとシュザンナは息を呑む。

「いけません！」

シュザンナらしくない強い口調でそう言い、首を振《ふ》れば、ピネが驚《おどろ》いたように彼女を見る。

「まだ傷も治っていませんのに……」

医者は、背中に受けたいくつもの弾傷《たまきず》もそうだが、血がたくさん流れ過ぎたと言っていた。普通《ふつう》の人間ならとっくに死んでいておかしくはない。彼の頑強《がんきょう》な身体《からだ》だからこそ、持ちこたえたと。

それから、ピネは医者が驚くほどの快復力を見せ、おとといにはベッドを抜《ぬ》け出して歩けるようにはなっていた。

しかし、まだとても旅に……どころか戦に参加するような身体ではないはずだ。

「駄目《だめ》です」

シュザンナはマントに包まれた、広い胸に小さな手を当てて、ぎゅっと布をつかみ、揺《ゆ》さぶった。

「駄目です。駄目です。ここで無理をしたら本当に……」

彼が撃《う》たれたときの事を思うと、今でも胸が痛くなる。

たくさん血が流れて、押さえても押さえても止まらなくて、本当にこのまま死んでしまうかと思った。

今にも泣きそうな顔で、この人を見上げているのだろう。そのシュザンナの肩《かた》にピネが手を置き、安心させるように微笑《ほほえ》む。

「もう大丈夫《だいじょうぶ》です。ご心配はいりません」

「嘘《うそ》です！　そんなに青い顔をして……」

まだ、背の傷が痛むに違《ちが》いない。彼が自分の肩に手を置こうとしたとき、かすかに眉間《みけん》に皺《しわ》を寄せたのをシュザンナは見逃《みのが》さなかった。

「それに、旦那様も傷がしっかりと治るまで、ここにいろと命じられたはずです」

この離宮を発《た》つとき、忙《いそが》しい中わざわざピネが療養《りょうよう》しているこの部屋を訪ねてきたオスカーは、彼にきつく命じたのだ。

傷が癒《い》えるまではここで大人しくしていろと。

自分のために、この従者が無理をすることを見越《みこ》して、釘《くぎ》を刺《さ》したのだ。

そして、シュザンナにもくれぐれも、ピネのことをよろしく頼《たの》むと言葉をかけてくれた。

『それでもこの馬鹿が無理をしようとするなら、遠慮《えんりょ》なく怒《おこ》ってやってくれ』

そう冗談《じょうだん》を言って、ピネのことをまかせられたのだ。

いや、それよりなにより、彼の身体が心配だった。

さすがにオスカーのことを言われると弱いのだろう、ピネは気まずげに押し黙《だま》り、しかし、口を開いた。

「ご命令に背《そむ》くことは承知の上です。

しかし、旦那様はきっと私のことを必要とされます。いえ、そうはおっしゃらずとも、お助けしなければならないのです」

「戦ならば、他の方々もいます！　メシアン元帥《げんすい》やデュテ卿《きょう》やサラヴァント卿も！」

「従者である私に戦場での出番などありません。せいぜい旦那様のそばで戦うぐらいでしょう。ですが、別の意味であの方はかならず私と、その部下達を必要とされます」

「別の意味？」

「セシル様をお助けしなければなりません」

その言葉にシュザンナの顔色も変わる。

囚《とら》われの身のセシルのことは、怪我《けが》をしたピネと同じく、一瞬も忘れたことはなかった。

今どうしているのだろう？　敵方にあのような形で捕らえられて、おつらい目にあってはいないだろうか？

「戦が始まる前にお助けしなければなりません。でなければ、あの方のお命が危ない」

政《まつりごと》のことはよくわからないが、しかし、意味はシュザンナにもわかった。

アンジェに籠《こ》もるアルビオン軍は、当然セシルの命を盾《たて》にアキテーヌになにか要求をしてくるだろう。

しかし、戦を始めれば……そしてアルビオンが追いつめられれば追いつめられるほど、セシルの命は危《あや》うくなる。

「旦那様は、セシル様の身柄《みがら》と引き替《か》えにしてのアルビオンとの交渉《こうしよう》には、一切《いつさい》応じないでしょう」

「……それは、旦那様はセシル様を見捨てると？」

シュザンナが息を呑む。

「あの方はご自分に厳しい方です。アキテーヌの宰相《さいしよう》としてのお立場からすれば、一介《いつかい》の公爵夫人であるあの方の命と引き替えに、国の大事を曲げることは出来ないと考えられるでしょう」

「で、でも、それではセシル様が！」

「ですが、一人の男として、セシル様を愛する者として、けしてお見捨てになることはなされません。

かならず戦の前に、ご自分お一人の力で助けようとなさるはずです。アキテーヌ軍を離《はな》れ単独で……」

『そしてそのときには、自分がそばに居なければならないのだ』そうピネの目は語っている。

「行かせて頂けませんか?」

「…………」

問いかけられて、シュザンナはうつむく。ぎゅっと、お仕着せの上から着たチュールのエプロンを握《にぎ》りしめる。

「……一つだけ約束してください」

本当はこんな状態の彼を行かせるべきではないのだろう。泣いてすがっても止めるべきなのだろう。

だが、同じように主《あるじ》に仕える者としてシュザンナにはピネの気持ちが痛いほどよくわかっていた。主従だからというわけではなく、この方のためなら、この方々のためなら命をかけても良いと、懸命《けんめい》にお仕えしたいという気持ち。

侍女《じじょ》である自分にはそんな命がけの場面などないけれど。

「なんでしょうか?」

穏《おだ》やかな声で訊《たず》ねる。

初め、その大きな体やいかめしい顔が怖《こわ》いと思ったけれど、本当は優《やさ》しい方なのだと気づくのにはそんなに時間はかからなかった。

生真面目《きまじめ》で口下手で、主人のために懸命に尽《つ》くす。

この人を失いたくない。

「お願いです。かならず生きて戻《もど》ってきてください、わたくしのところに」

「シュザンナ殿《どの》……」

「シュザンナでいいです」

女の自分からこんなことを言い出すなど、なんと大胆《だいたん》な娘《むすめ》だと思われるかもしれない。

でも、それでも無事で帰ってきて欲しいと、それほど想《おも》っているのだと今、言うときなのだと感じていた。

長い沈黙《ちんもく》のあとで、ピネが口を開いた。

「……シュザンナ」

「は、はい！」

うつむいていたシュザンナは自分で望んだというのに、呼び捨てにされて驚《おどろ》いて顔をあげる。

「お約束します。必ず生きて帰ると」

「はい！」

シュザンナは元気よく返事をし、ピネは「それと……」と言いよどむ。

「なんでしょうか？」

「いえ……あの……」

「？」

心なしか顔色の悪いピネの頬《ほお》が少し血色が良い。いや、赤くなっているように見えたが。

「……私のこともピネと呼んでください」

「あ、はい」

その瞬間《しゅんかん》シュザンナもまるで茹《ゆだ》ったように真っ赤になり。

「お、お待ちしています。ご無事で帰ってくるのを……ピネ」

と小さな声で言った。

⚜

「お呼びですか？　陛下」

ルネの天幕。オスカーは一言断って中に入った。

本来ならば、アキテーヌ国王であっても、子供である彼が軍と移動することなどしなくて良い。全《すべ》てを宰相であるオスカーにまかせ、シェレの離宮《りきゅう》で勝利を待っていても、大人の王のように非難されることはないはずであった。

だが、普段《ふだん》は聞き分けの良いルネが、離宮に残ったほうが安全だという大臣や将軍達の勧《すす》めを、頑固《がんこ》に拒絶《きょぜつ》した。

『今回、私は人質になり、皆《みな》に苦労をかけた。その私が兵士達と共に歩まず、安全な場所でのうのうと勝利の知らせを待つことなど出来ない』

もちろん、自分が戦《いくさ》の先頭に立って指令を下すことなど出来ないが、しかし、兵士達とともに居たいというルネの願いを、結局彼らも受け入れるしかなかった。

実際、幼い王が自ら志願してこの陣中《じんちゅう》にいるということで、それに応《こた》えようと兵の士気は上がっている。

オスカーはあえてそれには口を出さず見守っていた。

ルネがアンジェ攻略《こうりゃく》について行きたいと言った。そのもう一つの理由に気づいていて、それで黙認《もくにん》したといえるだろう。

国王の天幕らしく、そこには簡易ではあるがしっかりした寝台《しんだい》と、それに猫足《ねこあし》の長椅子《ながいす》などが運び込まれている。

ルネはその椅子に座っていた。

「ああ、モンフォール公。忙《いそが》しい中、すまない」

まるで世間話をするように、気軽に応えたルネではあったが、一転真剣《しんけん》な顔になり言う。

「いよいよ明日だな」

「はい、陛下」

明日にはアキテーヌ軍はアンジェへと達する。正確にいえば、今日着くはずであったが、しかし明日の攻撃《こうげき》に備えて、早めに野営地を築き、兵士達を休ませたのだ。

明日の戦のために。

王都に到着《とうちゃく》した、その勢いのまま、明日の正午、一斉《いっせい》に攻撃に移る。

それがオスカーの決定であった。

その決定の前に、アルビオン軍へと使者を送り、アンジェの解放を要求。マルガリーテの身柄をこちらに引き渡《わた》すことを条件にしての、アルビオン軍の安全な撤退《てったい》を保障するとの条件を示したが、アルビオン側は当然のごとくこれを拒絶した。

マルガリーテ姫《ひめ》は、故コーフィン二世の愛妾《あいしょう》エミリアの腹の子と婚約《こんやく》した身。すでにアルビオン王家の人間であり、身柄を引き渡すいわれはないと。

しかし、これでアキテーヌがアンジェを攻撃しても、アルビオンがマルガリーテを害する可能性が薄《うす》くなった。アルビオン王家の人間だと言い切ったからには、彼女を人質扱《ひとじちあつか》いすることは出来ない。

それに一旦《いったん》は拒絶した条件ではあるが、マルガリーテの身柄を引き渡せば、安全な撤退を保障するとまで、アキテーヌの宰相であるオスカーが約束したのだ。逆説的にいえば、彼女はアルビオン軍が追いつめられた際の、重要な人質としての価値がますます高まったともいえる。

しかし、逆にオスカーはセシルのことについては一切触《ふ》れなかった。

前日、アルビオン側が提案した条件を拒絶したことを受けての軍議において、オスカーが正午の攻撃を決定したことに、皆、息を呑《の》んだ。

明日の正午と言えば……。

「公、明日の攻撃を日延べすることは出来ないだろうか？

もう一度、アルビオン側に使者を送ることを考えて……」

オスカーはそうルネが口を開くことを予想していたように、言葉の途中《とちゅう》で「陛下」と遮《さえぎ》る。

「あちらは、マルガリーテ姫の身柄《みがら》を引き渡すことを、きっぱりと断ってきました。これ以上の交渉《こうしょう》は無駄《むだ》でしょう」

「姫のこともあるが、それにもう一つ。セシルのことがある。このまま本気でアルビオン側が明日の処刑《しょけい》を決行するとしたら……」

「陛下。お気遣《きづか》いは嬉《うれ》しく思いますが、あれは私の妻。元はファーレン皇女かもしれませんが、今は一公爵夫人です。お気になさることはありません」

「気にして当然ではないか！」

ルネがその穏やかな少年にしては珍《めずら》しく、怒《おこ》った顔で怒鳴《どな》る。

「公妃《こうひ》は、私にとっては肉親に等しく大事な人だ。公にとってもそれは……」

「だからこそ、余計にセシルのことでアキテーヌ軍の歩みが、妨《さまた》げられるようなことがあってはならないのです。

アキテーヌの宰相《さいしょう》ともあろう者が、自分の妻一人の為《ため》に、国の大事な決定を左右することがあってはなりません」

「ならば、私が命令する。モンフォール公！　セシルを助けよ！」

「陛下！　陛下もまたアキテーヌの国王。私情で政《まつりごと》の大事な決定を覆《くつがえ》されることは、たとえ陛下でも……」

「愚《おろ》かな王と言われてもかまわない。子供の感情で軍を動かしたと言われても結構だ。

私はそんなことは恐《おそ》れない。恐れるのは明日、セシルに会えなくなる。そのことだけだ！」

「陛下……」

オスカーは驚き呆然《ぼうぜん》と、きつい眼差《まなざ》しで自分を見上げる、その少年の顔を見る。ルネがこれほど強い感情を、自分に対してぶつけたのは初めてのことだ。

「それはモンフォール公も同じはずだ！　アンジェを攻略するために公妃が犠牲《ぎせい》になってもかまわないと、そんな風に思っているわけではあるまい？」

「もちろんです。ですが、結果的にそうなったとしても……」

「宰相としての建前の理屈《りくつ》などもうたくさんだ！」

ルネがイラついたように叫《さけ》ぶ。

真っ直《す》ぐな少年の瞳《ひとみ》が、オスカーを射る。

あの時もそうだった。

アルマンの反逆を治めたあと、セシルを一旦は病気療養の名目で手放し、ファーレンへと帰した。

事情を知らないルネは、そのセシルを見舞《みま》えとオスカーに迫《せま》り……そして。

『政務が忙しいとか責任が……なんて言ってる前に、会いたいのなら会えばいい。一緒《いっしょ》に居たいのなら、一緒にいればいいんだ』

時には己《おのれ》の気持ちに正直になることも、人として大事なのだと、そうオスカーに気づかせてくれた。

そして少年王にそれを教えたのは、セシルだ。

そのくせ、その当人も、怪盗《かいとう》であるとか男同士であるとか、そんなことを気にして……互《たが》いに自分の心を隠《かく》して別れたのだ。

あのときは、この幼い少年に教えられるように、衝動《しょうどう》に身をまかせた。

だが、今は……そう言われずとも、あれと過ごした日々が自分を駆《か》り立てる。

宰相としては、アキテーヌ軍を退《ひ》くことは出来ない。それもわかっている。

だが、セシルを見捨てることなど、愛する者として出来るわけがない。

「公はどう思っているのだ？　まさか、このまま明日の処刑の時間を迎《むか》えるつもりか？」

「アルビオンには使者は送りません。明日の正午、総攻撃をするという決定もそのままです」

「公！」

座っていた椅子から身を乗り出すルネを手で制して、オスカーは口を開く。

「先ほど陛下が下された、セシルを助けよという命、お受けしましょう」

「本当か⁉」

「ただし、アキテーヌの宰相としてではなく、一人の男として、拝命致《いた》します」

「それは？」

「明日の戦。私は所用があって参加できません」

「なっ⁉」

開戦初日にその司令官がいないなど、考えられない話だ。ルネも驚《おどろ》き目を見開くが。

「私の姿が見えないことで、将軍達にも動揺《どうよう》が走るかもしれません。メシアン元帥《げんすい》がいるので、そんなことはないと思いますが、そのときは陛下が総攻撃のご命令を」

「モンフォール公、それは……」

ルネがオスカーの考えがわからないというように戸惑《とまど》う顔になる。しかし、かまわずオスカーは言葉を続けた。

「明日の正午には必ず、攻撃を開始してください。あらゆる状況《じょうきょう》にかかわらず、必ず正午にです」

くどいほどに、正午に攻撃開始と繰《く》り返す、そのオスカーの言葉にルネが目を見開く。

ルネはオスカーの夜明け前の濃紺《のうこん》の瞳を見つめ、口を開いた。

「必ず、正午にだな？」

「はい、必ず」

「わかった。公が不在であっても、メシアン元帥以下の将軍に命じて、手はず通り総攻撃に取りかかるように、命じよう」

「ありがとうございます」

オスカーは少年王に向かい深々と頭を下げ、天幕を出て行こうとした。

「公」

「はい」

呼び止められて振《ふ》り返る。

「気をつけて……というのはおかしな言葉だな。だが、武運を祈《いの》っているなどとは言いたくはない。

必ず、必ず生きて戻《もど》ってきてくれ。セシルと共に」

「お約束します、陛下」

オスカーは天幕をあとにした。


「旦那様《だんなさま》……」

ルネの天幕を出てすぐ、オスカーは呼び止められた。

「お前か」

闇《やみ》に紛《まぎ》れるにしても、いささかその身体《からだ》は大きすぎるのだが、しかし、見事なほどにこの従者は気配を消すのが上手《うま》い。

今も、声を掛《か》けられるまでその存在に気づくこともなかった。

「傷が癒《い》えるまで、養生をしていろと申し渡《わた》したはずだぞ、ピネ」

片膝《かたひざ》を突《つ》きうずくまる、その小山のような背中に声を掛ける。

「もう大丈夫《だいじょうぶ》でございます」

頭《こうべ》を垂れたまま、従者は応《こた》えた。

彼が主人の命に背《そむ》くのは珍しい。ましてきつく言い渡したことを守らず、こうして目の前にやってくるなど。

オスカーはため息をつき、口を開いた。

「嘘《うそ》を言え。医者はあと半月は養生が必要だと言っていたではないか」

「もう寝台《しんだい》に横たわっている必要はないと判断しました」

「ここまで来ることが出来たのだからな。しかし、ここから先は違《ちが》うぞ」

「働けぬ身体と己で判断すれば、初めからご命令に背いて、ここにはおりませぬ」

「お連れ下さい」そう言って、さらに頭を下げるピネの姿に、オスカーはため息をつく。

「シュザンナは泣いただろう？」

「怒られました」

「ほう……」

目を見開く。あの娘《むすめ》が怒る姿など珍《めずら》しい。見てみたかったな……などと不謹慎《ふきんしん》なことを思う。

「ですが、許してくださいました」

「止めても無駄《むだ》と、諦《あきら》めたのだろう」

この男は頑固《がんこ》だ。その口数は少ないが、それゆえに一旦これと決めて言い出したことは曲げない。

「生きて自分のところに戻ってきて欲しいと、約束させられました」

「……いずこも願うのは同じか」

先ほどのルネの言葉を思い出す。

生きて帰ってきて欲しい。

きっと、今回の戦に参加した兵士達の家族の全《すべ》てが願っていることだろう。

それはアキテーヌやアルビオンも変わりはない。

だからこそ、この愚かな戦を長引かせるわけにはいかない。

一人の男の野望。それにどれほどたくさんの人々が巻き込まれ、惑《まど》わされ、命を落としたことか。

「セシルを助ける。

そして、あの男を止めるぞ」

「はい」

たとえ、罠《わな》だと分かっていても、そのためには行かねばならなかった。

⚜

「君の処刑は明日行われることになった。

戦勝広場で正午にだ」

牢《ろう》の前で見張っていた兵士を人払《ひとばら》いして、アルマンが鉄格子越《てつごうしご》しに告げる。

鎖《くさり》にはもうつながれては居ないが、そのかわりセシルが閉じこめられている牢の前には、常に監視《かんし》の兵士がつくようになった。

出された食事は、しっかりと食べる。前の絶食は病気だと思わせるための策略であったが、今回はもう通用はしないだろう。

なにより、食べて体力を付けなければ、いざというときに走れないし戦えない。

セシルは希望を失ってはいなかった。

「…………」

黙《だま》ったまま、ベッドに腰掛《こしか》けアルマンを見る。

「感想はないのかい？」

「別に……今さら『やってない！』とここでお前に叫《さけ》んでも、体力の無駄だからな」

「つれないねぇ」

アルマンが大仰《おおぎょう》な仕草で肩《かた》をすくめる。どうして、この男の仕草はいちいち芝居《しばい》がかっているのか。

この男にとっては自分でさえも、己で書いた狂言《きょうげん》芝居の、登場人物の一人にすぎないのかもしれない。

つきあわされるほうとしたら、たまったものではないのだが。

「言うとすれば、降伏《こうふく》するなら今のうちだということだ」

「おかしなことを言うな。助けてくれと許しを請《こ》うのは、君ではないのかい？」

「俺が泣こうが喚《わめ》こうが、お前は明日の処刑《しょけい》を決行するだろう。

なぜなら明日はアキテーヌ軍が、アンジェに到達《とうたつ》する日じゃないのか？　俺の処刑は、オスカーを呼び寄せるための最後の手段だ。違うか？」

自分にコーフィン二世殺害の罪を着せたのは、もちろんその真犯人である自分の罪を隠《かく》すためだろう。

だが、それだけならば、自分がコーフィン二世の死体とともに発見された、そのときすぐに始末してしまえばすむことだ。いや、そもそもそれならば罪をなすりつける相手は、自分でなくても誰《だれ》でも良い。

しかし、わざわざあんなややこしいやり方をして、セシルが一旦は牢から逃《に》げたという事実を作り上げたうえ、殺人者に仕立てあげたのだ。

その上に、明日、この宮殿《きゆうでん》内ではなく、アンジェの広場での公開処刑。

彼がなにを狙《ねら》っているかは明白である。

「オスカーにはもう使いは出したのか？

『愛《いと》しい妻の命が惜《お》しくば迎《むか》えに来い』と……いや、お前はそんなに直截《ちよくせつ》な言い方はしないな。恐《おそ》らく、俺の処刑の噂《うわさ》でも流したか？　オスカーが居てもたっても居られないように」

「君に一つ忠告をしておこう。

自分がなんでもよく分かっているとしゃべる人物は、一見賢《かしこ》そうに見えるが、あまりしゃべり過ぎるのも賢くないやり方だよ」

「お前にも逆に忠告してやるよ。東大陸のシェナには、策士はその策に溺《おぼ》れるという言葉があるそうだ。

あまり小細工を弄《ろう》しすぎると、かえって自分で自分の首を絞《し》めるようなはめになるぞ。明日、オスカーは来ない。彼は宰相《さいしょう》である自分の立場を忘れるような人ではないからだ。お前のもくろみは見事外れるさ」

「彼が来ないということは、君の処刑はそのまま実行されるということだよ」

「お前が本当にそれを実行するつもりならな。

たとえ、彼が迎えに来なくても、俺は大事な人質には変わりないはずだからな」

そう、自分がオスカーに対する切り札だということは変わりない。

そのことが今の状態のセシルには辛《つら》いのだ。

自分が彼の行動の妨《さまた》げになっているとしたら……。

「処刑されるというのに、見捨てられる君などに価値はない。君が先に言ったとおり、彼が来ようと来なかろうと、処刑は実行される」

「それなら、それでかまわない」

「かまわない？　君は自分が死ぬのをかまわないというのかい？」

「誰だって死ぬのは嫌《いや》だろう。だが、お前の前に跪《ひざまず》いて、命乞《いのちご》いをするなど、たとえ死んでも嫌だということだ。オスカーがお前の策略に乗ることもな。

それぐらいなら、潔《いさぎよ》くギロチンの穴に首をつっこむさ」

「ずいぶんと良い覚悟《かくご》だが、しかし、僕はオスカーが明日やってくると思っているけどね」

「来るわけがない。

明日、俺の処刑と同時に、アキテーヌ軍がアンジェの都市の門を破ってなだれ込んでくるさ。その命令を下す総司令官が、そんなことをする暇《ひま》などあるわけがない」

セシルは吐《は》き捨てるように言う。

来るわけがない……。

そう願う自分がいるのだ。

たとえ、このまま処刑されたとしても、自分はオスカーを恨《うら》んだりはしない。彼は自分の責務をまっとうしたのだから。どう考えても、のこのこ罠の中にやってくるなど、愚《おろ》かなことなのだから。

「君は忘れてるよ。

彼は、あのラモーラルの城にやってきた」

アルマンの言葉に、セシルは自分の顔色が変わるのを感じていた。

ラモーラル。まだ、格子越しに見る男が、リシュモン伯《はく》と名乗り、オスカーの親友として彼の横にいて画策を巡《めぐ》らせていた頃《ころ》だ。

その陰謀《いんぼう》の仕上げとして、オスカーをあの要塞《ようさい》におびき寄せて爆破《ばくは》、城ごと彼と、そして囮《おとり》のセシルを、葬《ほうむ》り去ろうとした。

その陰謀の失敗により、アルマンは一度は死に、こうしてよみがえって今度はアルビオンの黒鷲卿《くろわしきょう》として、オスカーと自分の前に姿を現した。

「あのときとは、状況《じょうきょう》が違う！」

「なにが違うというんだい？

同じじゃないか。彼が来なければ、愛しい君が死ぬ。危険があると承知で、彼はたった一人であの城に乗り込んだ。

そして今度も……」

「あるわけがない！　今、彼はアキテーヌ軍を率いている、アキテーヌの宰相だ！」

「そう、確かにね。理性で判断すればそうなるだろう。

だけど君はわかっているはずだ。彼は君のためなら、その宰相の地位さえ捨てる男だよ。いつだってそういう選択《せんたく》をして、君を助けにきたはずだ。

ラモーラルだけじゃない。アルビオンにも、ナセルダランにも、ロンバルディアの法王庁にもだ。

なにより、彼は君を愛しているのだから。己《おのれ》の命よりもなによりもね。君が、オスカーをそう思っているように」

「彼は来ない……」

セシルは拳《こぶし》を握《にぎ》りしめて、うつむきそう告げる。

「あいにくだが、君の願いはかなわないよ。

彼はやってくる。愛しい妻を助けにね」

そう告げて、アルマンはなにがおかしいのかクスクスと笑う。

「そう、愚かにも僕に殺されにね。罠《わな》があるとわかっていて来るんだ。まったく、恋《こい》は盲目《もうもく》とはよく言ったよ。

あの王子様といい、オスカーといい、君はずいぶんと罪作りなことをする」

「今さら、オスカーの命を狙ってなんになる！」

セシルは怒《いか》りのままに、ベッドから立ち上がり、アルマンに近づいた。

しかし、二人のあいだを鉄格子《てつごうし》が阻《はば》む。その格子を手が白くなるほど、握りしめ。

「彼が倒《たお》れたとしても、アキテーヌ軍の侵攻《しんこう》は止まらない。どっちにしても、お前はおしまいだぞ！　アルマン！」

「だからこそだよ」

彼はその口元に微笑《びしょう》を張り付かせたまま言った。

「僕にはもうなにもない。オスカー以外はね」

セシルを見たその瞳《ひとみ》に浮《う》かぶ剣呑《けんのん》な光に思わず恐怖《きょうふ》を感じる。

だが、その恐怖を抑《おさ》えてセシルを口を開いた。

「そのオスカーもお前のものなんかじゃない。先に裏切ったのはお前だ」

「勝ち誇《ほこ》るのかい？　そして心は自分のものだと」

セシルの鉄格子を握る手に、アルマンの手が伸《の》びる。とっさに退《ひ》こうとしたが、アルマンの手が先にセシルの手を捕《と》らえる。

異常な力だった。逆らうことなど許さず、強引《ごういん》に自分の手元に引き寄せる。

「ならば命は僕がもらう。その体もね」

その言葉は小説や芝居《しばい》の中で、悪魔《あくま》が人に代償《だいしょう》を求める、その場面でよく使われる言葉だ。しかし、それは悪魔が求めるのではない。あくまで人がその誘惑《ゆうわく》に負けた場合にのみ契約《けいやく》は成立するはずだった。

だが、彼はひたすらにオスカーを求めているようにセシルには見えた。

「明日、君たちは死体になる。だが永遠の愛を誓《ちか》い合った恋人《こいびと》達よろしく、一緒《いっしょ》の棺《ひつぎ》の中などに納めてはやらないよ。

彼は僕のものだ。僕が破滅《はめつ》するというのなら、その最後の最後の瞬間《しゅんかん》までつきあってもらうさ。たとえ物言わぬ死体となって、腐《くさ》り果ててもね」

セシルに向かい残酷《ざんこく》な言葉を吐きながら、しかし強引に引き寄せた手に恭《うやうや》しく口づける。

拘束《こうそく》の力がその瞬間ゆるんだのを感じて、セシルは自分の手を鉄格子の中に引っ込めた。

その手の震《ふる》えを見られないよう、ドレスの後ろに隠しながら。

「狂《くる》ってる……」

吐き捨てるように言った。

「本来そういうものだと思わないかい？　恋も妄執《もうしゅう》も」

そう言って、アルマンは去っていった。

8

まだ濃紺《のうこん》の色が濃《こ》い暁天《ぎょうてん》の空。

眠《ねむ》らない……と言われるアンジェであっても、夜明けのこの時間は静かだ。聞こえるのは人の声ではなく、鳥の鳴き声。まだ薄暗《うすぐら》い空へと飛び立つことはないが、しかし、やがてやってくる朝を待ちかまえて、騒《さわ》ぎ始める。

まして、他国の占領下《せんりょうか》にあるとあっては、一段と人の動きはない。

だが、朝靄《あさもや》が薄《うす》くかかるその中に、静かに佇《たたず》む数人の影《かげ》があった。

「手はずどおりにな」

「はい」

「では散れ」

「はっ！」

命じる声も、応《こた》える声も静かに、指示を受けて二人を残し、全《すべ》ての影が街へと消える。

残った二人も会話を交《か》わすことはない。小山のような体軀《たいく》の従者は、彫像《ちょうぞう》のように微動だにせず、主人のそばに控《ひか》える。

――セシル。

もう一人の黒衣の騎士《きし》……オスカーは濃紺から朝日の、黄金の光が混じり始めた空を見上げる。

あれも今頃《いまごろ》、おなじ空を見上げているのだろうか？

自分がこの日、処刑《しょけい》されることを知らされているのか、いないのかわからないが、だが……

どちらにしてもセシルは、自分が助けに来たことを喜んではくれないだろう。

馬鹿《ばか》と罵《ののし》られるか、来てくれなんて頼《たの》んでいないと言われるか。

だが、その憎《にく》まれ口もすべて、自分の身を案じてのことだ。

正義感が強く、お人好《ひとよ》しで、自分のことよりまず他人のことが一番で……。

どれほどのあいだ離《はな》れているだろう。それでも目を閉じれば、鮮《あざ》やかに思い出すことが出来る。蜂蜜《はちみつ》色に輝《かがや》く髪《かみ》、その心の動きのままに色を変える、灰色とも薄紫《うすむらさき》とも取れる瞳。若木のように細くしなやかな身体《からだ》。泣き、笑い、怒《おこ》る、潑剌《はつらつ》とした表情。

視覚だけではなく、抱《だ》きしめた感触《かんしょく》さえ、まざまざと思い出すことが出来るのに……。

だからこそ、その姿がそばにいないことが辛《つら》い。いや、たとえ遠くに離れていたとしても、安全な場所にいてくれさえしたら、こんな焦燥《しょうそう》など抱《いだ》きはしないだろう。

そこまで考えて、オスカーは心の中で苦笑する。あれが安全な場所で大人しくしているはずなどない。

そういうところさえ、結局は愛《いと》しいと感じているのだから。

互《たが》いに敵意を抱き、憎《にく》み合っていた出会いの頃など遠い過去のようだ。それほど時はたっていないはずだというのに、こんなにもあの存在は自分の心の中を占《し》めている。

失えばきっと、自分の心は半分死んだも同然だろう。

だからこそ、失うわけにはいかなかった。

――待ってろ、セシル。

日が昇《のぼ》り始め、飛び立った鳥の姿に願いを込《こ》めるように、オスカーは心の内で呟《つぶや》いた。

♱

ベッドに腰掛けて、天井《てんじょう》近くに開いた小さな窓を見つめる。そんな位置の窓では、もちろん空以外の風景など見えないが、しかし夜が白々と明けていく、その様子だけはわかる。

セシルは結局、一睡《いっすい》もせず過ごした。

眠れなかったのは処刑されるのが怖《こわ》かったからではない。たしかに己の命は惜《お》しいが、それ以上に気にかかっていたのは、やはりオスカーのことだった。

アルマンの言葉どおり来てなど欲しくはない。

自分のことなど気にせず、アンジェを攻撃《こうげき》して欲しい。アルビオン軍を……あのアルマンの野望を打ち破って欲しい。

だが、彼が来ることも、どこかでわかって、そしてその助けを待っている自分がいるのだ。命が助かりたいとかそういう意味ではなく、愛されているのだと、その信頼《しんらい》が確信をもたらしていた。

だが、来て欲しくない……。

自分の複雑な心境にセシルの口元に苦笑が浮かぶ。

こつこつこつ……と地下牢《ちかろう》の石の階段を降りる複数の足音がした。

三人の兵士達がやってきて、見張りの兵士に交代を告げる。そしてその一人が、牢の扉《とびら》を開ける。

「出ろ」

短い一言ではあったが、これが解放などではなく、処刑のギロチン台を上る第一歩であるとセシルにはわかっていた。

胸を張り、セシルは牢を出た。

⚜

夜が明けて。

アキテーヌの陣中《じんちゅう》は一部騒然《そうぜん》としていた。

「やはり、モンフォール公の姿がありません！」

若い将校の報告を受けて、メシアン元帥《げんすい》は白い髭《ひげ》を扱《しご》いて顔を気むずかしげにしかめる。

「一体、どこに行かれたのだ？　今日のような大事な日に、戯《たわむ》れでも居なくなられるほど、無責任な方ではないはずだが……」

「どうした？　元帥？」

「陛下」

メシアンが意外そうに目を見開く。戦《いくさ》についていくことを望んだ、幼い王ではあったが、それは宮廷《きゅうてい》にいた頃《ころ》と変わらず、全てをオスカーにまかせ、象徴《しょうちょう》として居るのみという姿勢であったのだ。

それが今日に限って、わざわざ将校達が出入りし、作戦会議が開かれるこの天幕にやってくるなど。

そのうえ、モンフォール公がいないこの時にだ。

「はあ……それが、陛下」

その公が居ないのだと、元帥はルネに報告する。

幼君といえ、君主は君主。この大事を知らせずにはいられない。

「それならば、気にすることはない。

公は所用があって、一足先にアンジェに行った」

「アンジェへ⁉」

疑問の声をあげたメシアン元帥ではあったが、すぐに顔色を変え。

「へ、陛下、モンフォール公はまさか……」

と声を潜《ひそ》めて問いかける。

しかし、ルネはそれには答えず。

「軍の指揮ならば、元帥がいれば十分だろう。モンフォール公が不在の兵の不安は私が抑《おさ》える」

「陛下が⁉」

「公のように実戦に参加するわけにはいかないが、飾《かざ》りぐらいにはなるだろう？　馬に乗って見ているだけだけどね」

「それでは、戦場に立たれると？」

「危のうございます」と言うメシアンに、ルネは「大丈夫《だいじょうぶ》」と笑う。

「本当に、後ろで見ているだけだ」

「はい。しかし、公がアンジェにおられるとなると、その……」

「戦闘《せんとう》開始時間に遅《おく》れはない。公がこのまま戻《もど》らなくても、正午きっかりにアンジェを攻撃してくれ。そう、公に頼まれたからな」

「公が⁉　陛下にそうお頼みに？」

「はっきりとそう言われたわけではないけどね」

「はあ……」

「とにかく、開戦は正午きっかりだ。

思いっきり声をあげて、アンジェにアナグマのように籠《こ》もりっきりのアルビオンの臆病者《おくびょうもの》を脅《おど》かしてやれと、そう兵士達に檄《げき》を飛ばすように各将校に連絡《れんらく》してくれ」

少年王はそう言って微笑《ほほえ》んだ。

⚜

セシルの仕度《したく》は、数人の侍女《じじょ》の手により念入りに行われた。

コーフィン二世の殺害現場で着せられていたドレスから、夜会に出るような豪奢《ごうしゃ》な盛装《せいそう》に着替えさせられ、髪も整えられる。

薔薇《ばら》の模様のドレスに、薔薇の造花の髪飾り。薔薇色のリボンの首飾りに、珊瑚《さんご》を薔薇の形に彫《ほ》った耳飾り、そしてブレスレット。

アルマンが指示したのだとしたら……と胸《むな》くそ悪くなったが、拒否《きょひ》する権利は今のセシルにはない。

処刑する囚人《しゅうじん》にずいぶんな晴れの衣裳《いしょう》ではあるが、その謎《なぞ》はすぐに解けた。

アンジェの市内を引き回されたのである。

豪奢な衣裳とは裏腹に、乗せられたのはいかにも囚人が乗る荷馬車。そこに美しく着飾った貴婦人が、両手を囚人用の手鎖《てぐさり》につながれて行くのだ。見せしめとなり、哀《あわ》れさを誘《さそ》うには十分だろう。

今回の処刑と、それに伴《ともな》う引き回しは、あらかじめ市民に告げられていた。占領下《せんりょうか》初めのアルビオンの兵士による略奪《りゃくだつ》もあって、普段《ふだん》は人通りもなく静まり返っていた道には、この哀れな公妃《こうひ》を一目見ようという、市民であふれている。

しかし、人が集まっても、その内容が内容であるだけに、お祭り騒《さわ》ぎのような歓声《かんせい》は起こらず、警備のアルビオンの兵士の顔色を窺《うかが》うように、人々はこそこそと話しあうだけだった。

『可哀《かわい》そうなモンフォール公妃さま……』

『みせしめなんだよ』

『まったく！　アルビオンの奴《やつ》らめ！』

『しっ！　声が大きい！　聞かれたら……』

広場でもそれは同じだった。

空間を埋《う》め尽《つ》くすほどの市民であふれてはいたが、しかし、登場した囚人に歓声の一つもあがることはない。

趣味《しゅみ》が悪いが、このような都市で行われる公開処刑《しょけい》とは、一種のお祭りのようなものだ。

見物のための人々が広場に鈴《すず》なりになるのはもちろん、貴族や裕福《ゆうふく》なブルジョアなどは、広場に面した建物の二階や三階の部屋を借りて、優雅《ゆうが》にお茶でも飲みながらこの残酷《ざんこく》な見世物を見物するのだ。処刑が行われる広場の周りには、祭や市と同じく、露店《ろてん》が並び、物売りの行商人が『おいしいレモン水だよ！』『喉《のど》を潤《うるお》す、珈琲《コーヒー》はいかが？』などと、声を張り上げるのだ。

アンジェではオスカーが宰相《さいしょう》となってからは、残酷だということで、この手の処刑は行われていなかったが。

しかし、今回は常の処刑とは違《ちが》う。

宰相の夫人が、占領軍であるアルビオンに見せしめ同然で処刑されるというのだ。アンジェの市民達は、みな沈痛《ちんつう》な表情で荷馬車に乗せられたままのセシルを見つめている。

アルビオンの役人がまず、セシルの罪状を読み上げた。

ところがその罪は、コーフィン二世の殺人ではない。

セシルがその色香《いろか》によって、オスカーをたぶらかし、そのうえで今度はアルビオンにも通じて国を裏切った。そして、そのアルビオンさえ皇太子と王をたぶらかして、自分の意のままに二国を操《あやつ》ろうとしたというのである。

罪状が読み上げられるにつれて、広場に集《つど》った市民達のあいだにざわめきが広がる。『そんなのはでっちあげだ！』と叫《さけ》ぶものもいたが、すぐに広場にいたアルビオンの兵士達によって、引きずられるようにして、連れて行かれた。

宰相や君主がことごとくセシルの色香に惑《まど》うのは、セシルが魔女《まじょ》だからであり、この悪魔を処刑するというのである。

まったく勝手な言い分に、聞いていたセシルはあきれかえった。

たしかにアンジェの市民にコーフィン二世が死んだことを明かせない事情は、察しがつく。

しかし、これは。

だが、同時にこれは使えるとひらめく。

ギロチンにかけられるにしても、大人しくなどしているつもりはなかったが、しかし、アキテーヌのモンフォール公妃が死にたくなくて、見苦しく暴れた……などという汚名《おめい》も残したくない。

しかし、これならアルビオンにもアルマンにも一矢報《いっしむく》いることが出来るではないか。

セシルは、荷馬車から降ろされギロチン台の前へと引き出された。しかし、その顔には死への怯《おび》えなど一切《いっさい》なく、胸を張り堂々と。その気丈な気品ある様子がかえって、市民達の哀れみと同情を買う。

「お役人様に申し上げたいことがあります」

セシルが口を開くと、予想外の展開に役人が怪訝《けげん》な顔をしながら「なんだ？」と聞く。

「わたくしは今から処刑される身です。罪は罪として認め、命乞《いのちご》いなど致《いた》しませんが、しかし、最後に一言ここにいる皆様《みなさま》に別れのご挨拶《あいさつ》を致したいと思います」

しおらしいそぶりで目を伏《ふ》せ言うセシルの姿に、役人もやはり男だ。死に行く者、しかも美人の頼《たの》みに「良いぞ。挨拶するが良い」と許可を出す。

セシルはギロチンの前に立ち、市民達に一礼した。手は鎖で縛《いまし》められているために、スカートの端《はし》をつまむことは出来ない。が、しかし膝《ひざ》を折るその優美な仕草に、ため息をつく者、早くもハンカチを手に涙《なみだ》をぬぐう者さえいる。

「アンジェの市民の皆様。わたくしが今日、処刑されるのは魔女だからなどという時代錯誤《さくご》の罪ではありません。

アルビオン王、コーフィン二世を暗殺した。その殺人者としてです」

その言葉に、市民達は息を吞《の》み、そして役人は慌《あわ》てる。

「何を言い出すのだ！　早くその女を処刑台に！」

数人の兵士が取り囲み、セシルの身体《からだ》を処刑台に引きずっていく。そのあいだも、セシルは叫び続けた。

「ですが、わたくしはアルビオンの王様も殺してはいませんわ！　無実の罪で殺されるのです！

わたくしにその罪をなすりつけたのは、ハロルド・ネヴィルという男！　あなた方も良く知っているリシュモン伯爵《はくしゃく》、それがその男の正体ですわ！

彼は生きていたのです！　生きて、このアキテーヌをまた我がものにしようと、このような動乱を……」

♰

「やってくれたね」

兵士に囲まれ、断頭台に引きずられていくセシルを見つめながら、アルマンは苦笑《くしょう》する。

広場がよく見える建物の三階。そこに身を潜《ひそ》めて、彼は広場の騒ぎを見つめていた。

セシルは強引《ごういん》に断頭台の穴に頭を入れさせられ、鍵《かぎ》を掛《か》けられていた。

「無実の公妃様を放《はな》せ！」「今の話は本当か!?」などと市民の一部が騒いだが、アルビオンの兵士達がその銃口《じゅうこう》を向けるとたんに大人しくなる。

「早く！　その女を黙《だま》らせろ！」

役人の焦《あせ》った声がここまで聞こえてきた。

処刑は十二時きっかり。そこまで待ってから、合図を送るのがきまりであったが、今の事件でアルビオンに不利なことをこれ以上喚《わめ》かれてはたまらぬと、焦っているらしい。

止めるつもりはアルマンにはない。

係の役人には時刻になったら滞《とどこお》りなく処刑を行うように申し渡《わた》してある。

あの男は必ず来る。

アルマンには確信があった。

♱

「やれ！」

という役人の声が聞こえる。

ギロチンの穴に首を固定されたセシルは、覚悟を決めて目をつぶる。

刃《は》を固定している綱《つな》が、処刑人が斧《おの》を振《ふ》りかざして切られようとした、そのとき。

「待て」

それは静かな声ではあったが、処刑人の手を止めるのには十分な重みを持っていた。

「その処刑には異議がある」

「誰《だれ》だ！」

役人の呼びかけに黒衣の騎士《きし》が処刑台の前へと歩み出た。その威厳《いげん》と風格に、広場に詰《つ》めかけていた人々は海が割れるように道を譲《ゆず》る。

「私の妻は無実だ。アルビオンの法で裁かれる身ではない。返してもらおうか？」

「つ、妻だと……！　では、お、お前は！」

「オスカー・ル・グラン・ド・モンフォール」

私の留守中にアルビオンの者達はずいぶんと好き勝手をやってくれたようだが、しかし、このモンフォールが帰ってきたからには、そうはいかぬぞ」

周囲で聞いていた市民達が「宰相様が！」「モンフォール公が帰られた！」「アキテーヌの英雄《えいゆう》が！」と口々に驚《おどろ》き叫び、それは広場全体に広がっていく。

その間にもオスカーは、処刑台の壇上《だんじょう》にあがり、行く手を阻《はば》もうと立ちふさがる衛兵達を剣《けん》も抜《ぬ》かずに、次々と打ち伏せていく。

「しょ、処刑を！　綱を切れ！」

それを見ていた役人が焦ったように叫び、それまでどうしたら良いか戸惑《とまど》っていた処刑人が、我に返ったように斧を振り下ろす。

切られる綱。落ちるギロチンの刃に、市民達が悲鳴を上げる。

が、その刃はセシルの首を切り落とす、寸前で止まった。

「大丈夫《だいじょうぶ》でございますか？　セシル様」

「……なんとかね、ピネ」

飛び出したピネが処刑人の手から素早《すばや》く斧を奪《うば》い取り、落ちてくる刃をそれで受け止めたのだ。

皮肉にも綱を切った斧が、またセシルの命をも救った。

兵士の手からギロチンの鍵を奪い取ったオスカーが、セシルを忌《い》まわしい枷《かせ》から解放する。

「オスカー……」

潤《うる》む瞳《ひとみ》で自分の夫を見つめたセシルだったが、口を開いて出てきたのは……。

「もうっ！　どうしてこんな見え見えの罠《わな》に飛び込んできたの⁉」

「酷《ひど》い言い方だな。愛《いと》しい妻を命がけで助けに来た、夫にいう言葉か？」

「助けに来てくれなんて頼んでない！」

「おい、さすがにそれは酷いぞ、セシル」

苦笑した男の胸をとんと握《にぎ》りしめた手で叩《たた》いて、その胸に寄り添《そ》う。

「でも、来てくれてうれしい……馬鹿《ばか》だと思うけど」

「馬鹿は余分だ」

抱《だ》きしめられて、その懐《なつ》かしい温《ぬく》もりを感じる。

だが、再会の感激に浸《ひた》っている余裕《よゆう》はなかった。

騒《さわ》ぎを聞きつけて、銃をもったアルビオンの兵士達が、二人のいる処刑台《しょけいだい》の置かれている壇を取り囲む。

「武器を捨てて大人しくしろ！」

司令官らしい将校の制服を着た男がそう叫ぶ。

「大人しくするつもりは？」

セシルはオスカーに耳打ちする。

「全くないな。捕《つか》まって良いことがあるとは思えない」

「同感だね。だけど抵抗《ていこう》の意志を見せたら、その瞬間《しゅんかん》に並んだ銃口が火を噴《ふ》く」

「それもご免《めん》だな、まいった」

「まいったじゃないよ。勢いよく助けにきたのに、俺もまた捕まるのはご免だからね」

二人がぼそぼそと話し合っていると「早く武器を捨てろ！」と司令官がいらだった声を上げる。

「抵抗するというなら、撃《う》つぞ！」

その声に反応するように、兵士達が一斉《いっせい》に銃を構える。

「この男の命がどうなってもかまわないというならな」

そうオスカーが言い、ピネが首根っこをひっつかんで引きずり出したのは、セシルの罪状を読み上げた役人。あの混乱のなか、逃《に》げ損《そこ》ねて台上の隅《すみ》でおろおろとしていたのだ。

司令官はぎょっ！とした顔になり、次に怒《いか》りも露《あら》わに舌打ちする。なぜそんな場所にいつまでもいたのだ！という気持ちだろう。

「その人質《ひとじち》を放せ！」

「大人しく解放すると思うか？」

「お前たちは完全に包囲されている！　そんなことをしても、無駄《むだ》なあがきだぞ！」

「それでも、少しでも時間を稼《かせ》ぎたい気持ちは確かだな。なにしろ、捕まったら私たちは今度こそ最後だからな」

と言うわりに、オスカーの表情には余裕がある。

横にいるセシルもオスカーになにか考えがあることはわかっていたが……。

――――どこにいる？　アルマン。

気になるのは目の前で銃を構える兵士より、どこかでこの光景を見ているだろう男のことだった。

この場に姿がなくとも、必ず別の場所で、セシルを……いやオスカーの姿を見ているはずだ。

彼の命を狙《ねら》って……。

そのときは……とセシルは覚悟《かくご》を決めていた。自分が盾《たて》になっても彼の命は、あの男に渡さないと。

「ええい！」

役人を挟《はさ》んでしばらくにらみ合っていたが、司令官がいらついたように叫《さけ》ぶ。

「人質を放さないとなればかまわぬ！　撃て！」

その命令に兵士たちも戸惑ったが、悲鳴を上げたのは当の役人だ。

「わ、私を見捨てないでくれ！」

「ウーノリー殿《どの》。あなたの死は無駄にしない。己《おの》が命を惜《お》しまず祖国に尽《つ》くした英雄として、讃《たた》えられることになるだろう」

「え、英雄になれなくてもいい！　見捨てないでくれ！」

傍目《はため》から見ればとんだ茶番劇……実際、見物していた市民からは失笑《しっしょう》が漏《も》れるほどだったが、本人たちは大まじめだ。

「撃たないでくれ！」と役人はわめき、しかし兵士たちは司令官の命もあって、銃《じゅう》を構え今度こそ引き金を引こうとしたが……。

そのとき。

天に轟《とどろ》くような喊声《かんせい》が上がった。

⚜

アンジェの正門の外では、アキテーヌの兵士達が力一杯《ちからいっぱい》声を張り上げていた。声だけではなく、ガチャガチャと互《たが》いのヤリを叩き合わせ、がんがんと大砲《たいほう》の砲身を叩くものもいる。

ただし、中へと攻《せ》め込もうと門へ攻撃《こうげき》を仕掛けるどころか、近寄る気配もない。

その周りを囲んで喊声を上げている。それだけなのである。

門の上で銃を構えていたアルビオンの兵士達も、弾《たま》が届かない距離《きょより》で騒ぐだけの、アキテーヌ軍の様子に戸惑い、顔を見合わせている。

「もっと、アンジェ中に声が轟くよう、声を張り上げろと兵士達に檄《げき》を飛ばしてくれ」

騒ぐ兵士達の後方で、白馬にまたがるルネが指示を出す。

「陛下。しかし、このまま攻め込まなくてよろしいのですか？」

そばにいた若い将軍が戸惑《とまど》い耳打ちする。

ルネは「大丈夫だ」と微笑《ほほえ》み。

「今、無理に押しても兵を消耗《しょうもう》するだけだ。時が来れば、突撃《とつげき》の命令は下す」

「はあ」

「それより、中に声が聞こえるように……」

それが、モンフォール公の助けになる。

声に出さずに、ルネは呟《つぶや》いた。

二人とも無事でいてくれと、厚い石壁《いしかべ》の向こうで見えないアンジェを見つめて。

⚜

「始まったな……」

「オスカー？」

市民達と同様、なにが起こったのかわからず戸惑うセシルに微笑みかけて、オスカーは声を張り上げた。

「諸君！」

二人の周りを取り囲み銃を構えていたアルビオンの兵士達も、アンジェの壁の外で起こったと思われる喊声に戸惑い、一旦《いったん》は武器を下ろしていたのだが、オスカーの声に再び銃を構える。

しかし、オスカーはそれを恐《おそ》れることなく、むしろ兵士達を正面からねめつけ怯《ひる》ませ、市民達への呼びかけを続けた。

「今の喊声はアキテーヌ軍だ！　アンジェを解放するために味方がやって来たぞ！」

その言葉に市民達が応《こた》えるように喜びの声を上げる。互いに知らぬ者同士で抱《だ》き合い、「解放だ！」「これで助かったんだ！」と口々に言う。

「反乱の時は来た！　武器を手に取り、無い者は石を持ち、拳《こぶし》を振《ふ》り上げろ！

このアンジェは諸君の手により解放されるのだ！」

声を高らかに宣言するオスカーの姿に、人々はあのときの……レテ河に詰《つ》めかけたファーレン軍を退け、このアンジェに戻《もど》ってきた英雄《えいゆう》の姿の再現を見ていた。

アンジェの市民達は彼に導かれ、王宮へとなだれ込み、偽《いつわ》りの王であるコンティ王子を退けて、自分たちの小さな王ルネに王冠《おうかん》を授《さず》けたのだ。

人々の胸に小さな炎《ほのお》が灯《とも》る。それは希望という名。勇気という名だったかもしれない。

そのとき、広場のあちこちで叫び声が起こる。

「そうだ！　時は来たんだ！」

「アルビオンの奴《やつ》らにもう好きにさせねぇぞ！」

「ああ、とっととこの都を出て行きやがれ！」

同時に数人が飛び出して、銃を構える兵士たちに飛びかかった。彼らの持っている銃にかまいもせず、逆に数人でその腕《うで》に足に取りつき羽交《はが》い締《じ》めにして、その武器を奪《うば》う。

実は、この声と行動を起こした者は、すべてピネが王都に残していた密偵《みってい》と協力者達だったのだ。彼らはひそかに協力者を増やし、アルビオンに反乱するそのときをうかがっていたのだ。

反乱を呼びかける叫びは、呼び水となり人々は次々と呼応し叫び声をあげ、そして普通《ふつう》の市民達も、素手《すで》だというのにかまいもせず、兵士達につかみかかる。

「よ、よせ！」

「離《はな》れろ！」

「撃《う》つぞ！」

アルビオンの兵士達は口々に脅《おど》しの言葉を叫んだが無駄だった。こんな混乱の事態となってしまっては、下手に銃を撃っては味方に当たるかもしれない。なまじ訓練を受けている兵士である分、彼らは冷静であり、まして征服者《せいふくしゃ》であり武器を持つ自分たちに、弱者である市民達が反乱を起こすなど、考えられない事態であった。

それが反応を遅《おく》らせた。また、市民達はこのときまで知ることはなかったが、アキテーヌ軍はすでに明け方には、アンジェの周りを取り囲み、アンジェの壁越《かべご》しに、アルビオン軍とにらみ合っていた。そのために、中の……このアンジェの広場の監視《かんし》にそう多くの人手を割《さ》けなかったのだ。

自分たちの不利を覚《さと》って、広場からアルビオンの兵士達が次々に撤退《てったい》していく。いや、撤退というより、散り散りばらばらに逃《に》げたという印象が強いが。

市民達が歓声《かんせい》を上げて、初めての勝利を喜び、それをもたらしたアキテーヌの英雄、壇上《だんじょう》にいるモンフォール公と公妃《こうひ》に向かって、アキテーヌ万歳《ばんざい》と叫ぶ。

それを広場を見渡《みわた》せる建物の三階からじっと、見る者があった。

✤

「やはり、君は君だね、オスカー。

あのときの革命を再現するとは」

アルマンはつぶやき、そして傍《かたわ》らに置いてあった銃を手に取る。

あのとき、自分は市民の歓呼の声に囲まれる彼を見つめる傍観者《ぼうかんしゃ》に過ぎず、そして今もやはり、ここでこうやって彼の姿を見つめている。

「……だが、あのときのように君はアンジェの宮殿《きゅうでん》に市民と共に向かうことは出来ない」

弾薬《だんやく》の入った革《かわ》の箱から銃弾を取りだし、銃に詰める。ことさらゆっくりと、下の広場で市民達に囲まれている、彼の姿を見つめて。

アルマンの目には、その傍《かたわ》らにいるセシルも、そして周りで喜びの声をあげる市民達も見えてはいなかった。

ただ、ひたすらに黒衣の男を見つめて。

「君の運命はここで終わる」

窓の枠《わく》に銃身《じゆうしん》を載《の》せて構える。

今、殺すことになんの意味があるのか？という問いかけが頭をよぎった。

彼がここで死んでもおそらくは、市民の反乱は弔《とむら》い合戦だと、かえって止まらず、アンジェはどちらにしても陥落《かんらく》するだろう。

アルビオンの者達は本国へと逃げ帰ることが出来るが、しかし、自分は……。

逃げる場所などどこにもない。

このアキテーヌにもアルビオンにも、西大陸、東大陸、天と地のどこにも。

だが……。

「僕が、君の運命に楔《くさび》を打ち込む神となる」

そう呟いて、アルマンは微笑《びしよう》した。

なるほど、彼を殺す理由にぴったりのような気がしたのだ。

結局、自分は、いつも自分の前を行くあの男の、その背中を振《ふ》り向かせたかっただけかもしれない。

引き金に指をかける。照準をその額に合わせて。

「これで終わりだよ」

指に力を込《こ》める。

弓矢ではないから、銃弾《じゅうだん》が飛んでいく様など見えるわけもない。

だが、アルマンにとってはそれは一瞬《いっしゅん》の永遠に感じる時間であった。

銃声と、そして……。

しかし、市民の一人がオスカーに駆《か》け寄り握手《あくしゅ》を求め、オスカーがそのために身をかがめた。

銃弾が後ろにいた男の足に命中する。うめき声をあげて倒《たお》れる男と、周りからあがる悲鳴。

アルマンは一つ舌打ちするが、しかし、すぐに再び引き金を引く体勢をとる。

セシルが、銃の撃《う》たれた方向に気づいて、オスカーの前に両手を広げて立ちはだかる。

「させない！」

その叫《さけ》びが、三階の窓から狙《ねら》うアルマンに聞こえるわけはなかったが……。

しかし、アルマンはつぶやき、引き金を引いた。

「ならば、君をもらっていくよ、セシル」

オスカーの命がもらえないというならば、せめてその魂《たましい》の半分の存在である黄金の小鳥だけでも……。

「セシル！」

オスカーが叫ぶ。

しかし。

広場の暴動が、他《ほか》の通りに飛び火したのだろう、別の場所から喊声《かんせい》が上がる。

屋根に止まっていた鳩《はと》が、その声に驚《おどろ》き飛び立った。

その一羽が、広場を横切りそしてアルマンの放った銃弾に捕《と》らえられ落ちていくのを……。

まるで、ゆっくりとした動く絵のように、アルマンは見ていた。

そのあいだにオスカーはセシルを抱《だ》きしめるようにして壇上を降り、歓声を上げる市民達の中に紛《まぎ》れ込む。

ピネがその主人夫婦《ふうふ》の背後を守るようにして、壇を降りる、その後ろ姿が消えるまで見る。

アルマンは床《ゆか》に座り込んで、額に手を当てて笑った。

まったく、自分はどこまでも運が悪いと嘆《なげ》くべきなのだろうか？

それとも彼らの悪運が強いと思うべきなのだろうか？

アルマンにはわからなかった。

⚜

アキテーヌの大門の前では、反乱を起こした市民とアルビオン兵士がにらみ合っていた。

広場のような騒《さわ》ぎに乗じて追い払《はら》った兵達と違《ちが》い、こちらは市民達がやってくるのを待ちかまえていたのだ。ずらりと並ぶ銃口に、反乱の勢いに乗っていた市民達もさすがに、武器も持たずに、飛び込むことも出来ず、攻《せ》めあぐねていた。

門の外ではアキテーヌ兵の喊声が聞こえる。声をあげるだけではなく、市民の声がアンジェの中から聞こえた、その瞬間を逃《のが》さずにルネは総攻撃《こうげき》を命じていた。

門を守っていた兵士達は当然、その上から銃撃を浴びせかけた。が、アキテーヌ側の圧倒的《あっとう》な反撃に遭《あ》い、その浴びせかけられる弾《たま》の雨に、首を引っ込めざるをえずろくに自分の銃も撃《う》てない有様だった。

そのうえに内側からの市民の反乱である。門を守る隊長はそちらにも兵を回さねばならず、悲鳴のような声を上げる。

「援軍《えんぐん》を要請《ようせい》しにいった伝令はまだ戻《もど》らないのか？」

「はい！　まだ戻りません！」

「なにをしている！　誰《だれ》か様子を見に……」

と言いかけて舌打ちする。門の外に詰《つ》めかけているアキテーヌ軍はともかく、目の前には銃を恐《おそ》れて遠巻きにしているが、しかし、ここにいる兵士達よりも圧倒的に多い市民。これでは次の伝令を出すことも出来ない。

「一体、上はなにをしているのだ！」

隊長は悲鳴のような声を上げた。

⚜

実はそのころ宮殿では、別の反乱が起こっていたのだ。

「リヴソン卿《きょう》！　いずこに行かれるおつもりか⁉」

メーフォルンが声を張り上げ、呼びかけられたリヴソンがめんどくさそうに振り返る。

「貴殿は自室で謹慎《きんしん》を言い渡《わた》された身、このようなところで……」

宮殿の一角、運河に面した船着き場にて。しかし、その水門は偽《にせ》?ヴァンダリスによるバルナーク占拠《せんきょ》の知らせを受けて、今は固く閉《と》ざされていた。

「しかも、権限の無い〝前〟将軍のあなたが、兵を率いてなど」

そうリヴソンは、ログリス時代からの将軍にして、生粋《きっすい》のログリス人。反ハロルド・ネヴィル派の急先鋒《きゅうせんぽう》である。

しかし、ヴァンダリスがこの宮殿から居なくなり、コーフィン二世がアルマンの傀儡《かいらい》となったとたんに、将軍職を更迭《こうてつ》され、この宮殿の一室に軟禁《なんきん》の身の上となっていた。

〝元〟自分の部隊の兵士とはいえ、彼らを率いて出歩くなど立派な軍規違反《いはん》である。

「今すぐ兵を元の部署に戻し、部屋にお戻りを！」

衛兵を後ろに従え、言葉は丁寧《ていねい》ながら傲慢《ごうまん》な態度で、メーフォルンはリヴソンに迫《せま》る。

「そちらのほうこそ、どんな権限があってこの私に口を利《き》いている？」

そうリヴソンに言い返され、剛胆《ごうたん》な〝元〟将軍に睨《にら》まれて、メーフォルンは怯《ひる》む。

衛兵を従えているとはいえ、リヴソンが後ろに率いている兵のほうが遥《はる》かに多いことに、今さら、彼は気づいたのだ。

まさか、こちらに攻撃を仕掛《しか》けてくるとは思えないが、メーフォルンは最初に問いかけた時よりも、気弱な態度で返す。

「わ、私はハロルド卿より、この宮殿の警備をまかされました」

「あのペテン師から、まかされた役目など」

リヴソンが馬鹿《ばか》にしたように鼻で笑う。

「ペ、ペテン師ですと！　畏《おそ》れ多くも、先の陛下からご愛妾《あいしょう》エミリア様と、その御子《みこ》の後見をまかされた摂政《せっしょう》閣下をそのように罵《ののし》るなど！」

「それがペテンだと言っているのだ！　コーフィン陛下亡《な》き後、アルビオンを継《つ》ぐのは、ヴァンダリス殿下《でんか》。

あのお方を差し置いて、そのご不在を良いことに陛下の御遺言《ごゆいごん》をねつ造し、思うがままにアルビオンを操《あやつ》ろうとした、あの男は大ペテン師だ！」

「な、なにを根拠《こんきょ》に！　それにヴァンダリス殿下は陛下より先に……」

「それが嘘《うそ》だと言っているのだ！

あの方はバルナークで生きているというではないか！」

「なにを言われていらっしゃる！　バルナークを占拠したものは、真っ赤な偽物だと、この私が報告……」

そう言いかけたメーフォルンであったが「馬鹿者！」とリヴソンの雷《かみなり》のような一喝《いっかつ》により、まるで亀《かめ》のように首をすくませて押し黙《だま》る。

「本物のヴァンダリス殿下を偽物と報告するなど、お前の目は節穴か⁉　それともお前もあのペテン師のやはり、仲間か!?」

「リ、リヴソン提督《ていとく》！　お、落ち着かれて！」

胸《むな》ぐらを掴《つか》まれ、メーフォルンは慌《あわ》てて悲鳴のような声を上げる。

「私は十分に落ち着いているさ！　友の言葉と、お前の言葉と、どちらが真実を言っているのか、わかるぐらいにはな」

「と、友ですと!?」

「私だ。メーフォルン」

「お、お前は!?」

胸ぐらを放されて、息をつくメーフォルンは振《ふ》り返り、目を見開く。

「ボーンレラム子爵《ししゃく》!?　裏切り者のお前が、どうしてこのアンジェに!?」

指をさしそう叫ぶメーフォルンに、「裏切り者とは酷《ひど》い」とワールスは笑い。

「ヴァンダリス殿下の使いで参ったのだ」

「あの偽物の……」

「そう言い張っているのはメーフォルン、お前とあのハロルド・ネヴィル、それにエミリアだけだろう。

他の方は全《すべ》て納得《なっとく》して下さった」

「他の方?」

メーフォルンが目を見開く。ワールスの後ろには、ずらずらとアルマンに粛清《しゅくせい》された元大臣や元将軍が、自ら率いていた部隊や、部下を引き連れているだけではなく。

「ノルバルト将軍！　ニティヴィス大臣！　あなた達まで！」

リヴソンが解任されたことにより、将軍に昇格《しょうかく》したノルバルトは気まずげな表情で、呆然《ぼうぜん》とするメーフォルンの前を通り過ぎ、そしてエンスデル人でありアルマン派と思われていたニティヴィスは、ぽんと肩《かた》を叩《たた》いて耳打ちする。

「メーフォルン殿《どの》、悪いことは言わない。あの男はもうおしまいだ。見切りをつけたほうが良い」

「そ、そんな……」

メーフォルンが使ったあとは閉め切りだった、バルナークへと続く運河の水門が開かれれば、そこには十数隻《せき》の小舟《こぶね》にびっしりと乗ったアキテーヌ兵が。

「て、敵が!?」

しかし、狼狽《うろた》えたのはメーフォルンと引き連れていた数名の衛兵達のみ。

兵や部下を引き連れたそれ以外のアルビオンの者達は狼狽えることなく、あまつさえワールスは、その舟に乗ってきた若い騎士《きし》と挨拶《あいさつ》を交《か》わす始末。

「ご苦労でしたな、ボーンレラム子爵」

「いや、こちらのほうこそ礼を言うべきでしょう、デュテ卿」

「では、お使いください」

「うむ、そちらこそ御武運を」

岸に降り立つアキテーヌ兵とは入れ替《か》えに、アルビオンの兵士達が整然とそれに乗り込む。それだけでは舟は足りず、元から停泊《ていはく》してあった小舟にも、兵士達や将軍達が乗り込んで行く。

「ど、どこへ行くつもりだ！」

やってくるアキテーヌ兵に怯《おび》え、しかし、その舟にも乗ることが出来ないメーフォルンは、戸《と》惑《まど》い叫《さけ》ぶ。

「我らはヴァンダリス殿下のご指示によりバルナークへと撤退《てったい》する！」

小舟に乗り込んだワールスが宣言する。

「なっ、てっ、撤退など誰が……」

「ヴァンダリス殿下と言ったではないか！

なお、このことはすでにアキテーヌのルネ陛下と我が殿下が話し合い決定したこと。そのときに、殿下の意志に反して撤退に抵抗《ていこう》する者がいるかもしれない……」

その間にも小舟は岸を離れ次々と水門を潜《くぐ》っていく。

ワールスの乗った舟も。

「ま、待ってくれ！」

メーフォルンは思わず情けなくも、その味方に向かい手を伸《の》ばし。

「自分の命に従わず、抵抗するものは、アキテーヌ軍の手により容赦《ようしゃ》なく攻撃して良いと、殿下はルネ王と約束された！」

大きな声でそう言い渡《わた》し、ワールスの舟は水門の向こうに消えた。

メーフォルンははっと目を見開き、周りを見渡す。

そこには整然と列を成すアキテーヌの兵、兵、兵。

「た、助けてくれ！」

彼は一声叫ぶと、猛然《もうぜん》と宮殿の中に逃《に》げ出した。衛兵達も頭《かしら》に逃げられてはどうしようもなく、彼の後を追いかける者、別の方向に逃げる者と散り散りになる。

「追いかけるか？」

そう訊いたサラヴァントにファーンは首を振る。

「小物だ。放《ほう》っておけ、それより……」

言いかけた目に映ったのは、こちらにやってくる三人の姿。小山の様な大きな体の男と、黒衣の騎士、そしてドレス姿の。

「公妃《こうひ》！」

ご無事でよかった！と笑顔になるファーンとサラヴァント、そして歓声《かんせい》をあげる兵士達に、セシルは手を振る。

その横にいるオスカーに、ファーンとサラヴァントが一礼する。オスカーはうなずき。

「サラヴァント卿は兵を率いて、大門に向かってくれ」

「はっ！」と返事をしてサラヴァントがアキテーヌの兵士を率いて、大門へと向かった。

そして、残ったファーンと、エーベルハイトの兵士達を見つめてオスカーは口を開いた。

「行くぞ。マルガリーテ姫《ひめ》を助け出すのだ」

9

「どこへ……皆《みな》、どこへ行ったのです！」

気が付けば女官も、衛兵さえ居ない。そんなもぬけの空の宮殿を、エミリアはさまよっていた。

前日まで、彼女はアルビオンの次代の母太后《ぼたいごう》として、皆に傅《かしず》かれて生活していたのだ。いや、前日どころか、今朝まで。

自慢《じまん》の金髪《きんぱつ》を相変わらず美しいと女官は梳《くしけず》りながら褒《ほ》めてくれた。そして閨房《ブドワール》の次の間には、かつてファーレンの女皇帝《こうてい》と呼ばれた、あのハノーヴァー夫人の朝の風景よろしく、御機嫌伺《ごきげんうかが》いのための大臣や貴族達が詰《つ》めていたのだ。

だが、今は誰《だれ》も居ない。

彼女以外は誰も。

「誰か……」

そう呼びかけるのと同時に、宮殿の外から歓声《かんせい》があがり、彼女は怯えて「きゃあ」と悲鳴を上げて頭を抱《かか》える。

なにが起こっているのかエミリアにはよくわからない。

だが、自分にとっては良くないことが進行していることだけはわかった。

不安が最高潮に達したそのときに、彼女の目は自分以外に動く人影《ひとかげ》を見つける。

「ハロルド！」

彼は珍《めずら》しく慌てた様子で、エミリアの前までやってくると口を開いた。

「マルガリーテ姫は？」

「あのエーベルハイトの姫ならば、奥に……」

彼女の言葉が終わらぬうちに行こうとするアルマンを「待って！」と引き留める。

「ねぇ、一体どうなっているの？

どうして誰もいないの？

宮殿の外で聞こえる大騒《おおさわ》ぎはなあに？」

まるで子供のような口調で言う女に、男が冷ややかに告げる。

「みんな逃げたんだ」

「逃げた？　どういう意味？」

「わからないのか？　誰もいないのは、君を置いてみんな逃げ出したからだ。アルビオンの敗北を覚《さと》ってね。君も早く逃げたほうが良い」

「そ、そんな……」

話は終わったとばかり、再びその場を立ち去りかけたアルマンに「行かないで！」とエミリアはすがりつく。

「なら、わたくしと一緒《いっしょ》に逃げましょう！」

「どうして？」

「どうしてって……あなたとわたくしは……」

冷ややかに告げられて、エミリアは信じられないという顔をする。

「僕は逃げない。少なくとも君とはね。君は君で、勝手にどこにでも好きに逃げると良い」

そう告げて立ち去る男の背を、エミリアは呆然《ぼうぜん》と見つめた。

そしてぱたりと扉《とびら》が閉まったとき、その場で泣き崩《くず》れた。

⚜

大門でのアンジェの市民とアルビオンの兵とのにらみ合いは続いていた。

援軍が来ないことに焦燥《しょうそう》を感じながらも、しかし、アルビオンの兵士達は銃《じゅう》の構えを崩《くず》さない。

その均衡《きんこう》を破ったのは、サラヴァントを先頭に駆《か》けつけたアキテーヌ軍であった。

「味方だ！」

「アキテーヌの兵士達だ！」

市民達は歓呼の声をもって彼らを迎《むか》え、そしてどこから現れたかわからぬ敵軍に、アルビオンの兵士達が怯《ひる》む。

サラヴァントが声高らかに言う。

「アンジェの宮殿はすでに陥落《かんらく》し、お前達アルビオンの者達の大半は撤退したぞ！　今さら、取り残された者達が門を守ってなんとする！」

その言葉に、銃を構えた兵士達のあいだに動揺《どうよう》が走る。隊長が「敵の煽動《せんどう》などに乗るな！」と叫んだが、その裏返った声こそ、彼らの動揺を表すようだった。

「残ったのは、この大門だけだ。門を開け放って、外にいらっしゃる陛下をお迎えしよう！」

サラヴァントの呼びかけに、率いていた兵士達だけではなく、市民も一緒になって門へと殺《さっ》到《とう》する。

アルビオンの兵士達の銃が火を噴《ふ》いたが、しかし、突進《とっしん》してくる市民と敵兵の波に怯え、そのほとんどの照準は空へと向いて当たらなかった。しかも撃《う》った直後に、その武器を放《ほう》り投げて彼らは逃げ出した。

「逃げるな！」と叫んだ隊長の声も、市民とアキテーヌ兵の喊声《かんせい》にかき消され、その姿ももみくちゃにされて沈《しず》む。

門を守る者は、もはや誰もおらず市民達の手によって、その大きな門が開かれた。

アキテーヌの兵士達がなだれ込み、内側にいた仲間の兵士と、また歓呼の声を上げる市民達と抱《だ》き合う。

やがて、白馬にまたがったルネが現れ、人々の歓喜は最高潮に達する。

小さな王のまたがった馬の周りを取り囲み「王様万歳《ばんざい》！」「アキテーヌ万歳！」という市民の声に、にこやかにルネは手を振《ふ》る。

「サラヴァント卿《きょう》」

「はっ！」

自分のそばにきたサラヴァントにルネが呼びかける。

「宮殿《きゅうでん》へ急ごう」

「はい。モンフォール公と公妃、それにデュテ卿はすでにお向かいになられました」

「すでにマルガリーテ姫をお助けしていると良いのだが……しかし、あの男がまだいるだろう」

一瞬《いっしゅん》、顔を曇《くも》らせたルネだが、いまだ歓呼の声をあげ続けている市民達に向かい、呼びかけた。

「王宮に向かおう！　私たちの国を取り戻《もど》そう！」

⚜

「それがお前がいつも言う〝美学〟というものか？」

宮殿の奥。王の寝室《しんしつ》に向かったセシル達は、その前の回廊《かいろう》で椅子《いす》に縛《しば》り付けられているマルガリーテと、その前に立つアルマンに出くわした。

「敗北者に勝ち誇《ほこ》って嫌《いや》みを言う、それが君の美学だというのならね、オスカー」

猿《さる》ぐつわをされもがくマルガリーテに向かい短銃を突《つ》きつける。そのアルマンの姿に、ファーンだけではなく、引き連れていたエーベルハイトの傭兵《ようへい》達が思わず、前に飛び出しそうになったが、オスカーが無言で差し出した腕《うで》に阻《はば》まれる。

「敗北者と自分を認めるか？」

「いいや。勝敗というのは最後までわからないものさ。

君に一対一の決闘《けっとう》を申し入れる。受けてもらえなければ、わかるね」

そう、自分の後ろで椅子に縛られたマルガリーテを、思わせぶりに見る。

「人質《ひとじち》を取っておいて、決闘の申し入れか？　ずいぶん虫が良い話だ」

「それで、いざ決闘となったら『人質を傷つけられたくなかったら、抵抗《ていこう》するな！』と僕が言い出すとでも？　そんな卑怯《ひきょう》なことは言わないよ。それこそ、僕の美学に反する。

それが信じられないというのなら……」

なんとアルマンは構えていた銃を床《ゆか》に投げ捨てる。

からからと乾《かわ》いた音をたてて、銃はオスカーとアルマンが対峙《たいじ》する、その真ん中に転がった。

「この通り、飛び道具は捨てるよ。

これが最後の対決だオスカー。剣《けん》で決着をつけよう」

それでもオスカー以外の者達が動けなかったのは、椅子に縛られたマルガリーテへの距離《きょり》が、アルマンのほうが近かったこと。そして、彼があっさりと武器を捨てるなど信じられない。まだなにかあるのではないか？という疑いがあったからだ。

オスカーはそんなアルマンの考えを読んでいるのかいないのか、床に転がる短銃を見つめ。

「お前が私に剣で決闘を申し入れると？」

「ならば自分が絶対に勝つと？

僕も子供の頃《ころ》、伊達《だて》に君の剣の相手を務めていたわけではないよ」

「一度もお前が勝ったことはなかったがな」

「今度はどうかわからないよ」

「いいだろう。その申し入れ、受けよう」

「オスカー！」

セシルは思わず声を上げる。

アルマンがとてもまともな決闘などするとは思えない。だが、心配するセシルにオスカーは大丈夫《だいじょうぶ》だと、眼差《まなざ》しで語りかけ前へと出た。

「いくぞ」

「ああ」

二つの剣が重なる。

セシルは思わず目を瞠《みは》った。

オスカーの剣は変わらず重厚《じゅうこう》にして華麗《かれい》なものだったが、しかし初めてみるアルマンの剣も見事なものだったのである。

なるほど、オスカーの剣の相手だったというのもうなずける。

「なかなか、やるようになったな。銃ばかりいじっていたわけではないようだ」

会話だけをきけば、少年の頃を懐《なつ》かしみ、久しぶりに剣を合わせる二人に見えたかもしれない。

「君もね、オスカー」


だが、これは無邪気《むじゃき》な剣の稽古《けいこ》などではない。互《たが》いの命をかけたやりとりだ。

男二人のあいだには歳月《さいげつ》が流れ、互いの立場も、友情もまた変化した。

憎《にく》しみや羨望《せんぼう》……そんな一言だけでは表せないほど複雑な。

その感情を叩《たた》きつけるような激しい剣のやりとりは、意外なことにオスカーが押され気味になった。


アルマンはこの対決に負ければ、文字通り〝あとがない〟。その気迫《きはく》が出たのだろう。

捨て身でつっこんでくるその剣を避《よ》け、退《ひ》く。そのために体勢を崩したアルマンの脇《わき》ががら空きになったが、オスカーはそこに剣を振り下ろすことを瞬間躊躇《ちゅうちょ》した。

そのために剣を搦《から》め、はじくだけに留《とど》まる。

アルマンは不敵に微笑《ほほえ》み。

「やはり君は甘いね、オスカー。確か、今度会ったときは容赦《ようしゃ》しないと言わなかったかい？」

そう言ったのは、ルーシーのカレリヤンブルグの宮殿でのことだ。

セシルに戯《たわむ》れに手を出した、そのアルマンを牽制《けんせい》してのオスカーの言葉だ。

「よく覚えてるさ、アルマン」

「あれは単なる脅《おど》しというわけか」

カンカンと激しく剣が叩きつけられる。

「僕ごときの命を惜《お》しんでくれるとは嬉《うれ》しい限りだね」

「いや、お前の命など惜しんではいない。憎しみや怒《いか》りだけで殺すならば、十分にそうできる衝動《しょうどう》はあったのだからな」

オスカーの言葉に、アルマンが一瞬虚《きょ》をつかれたような顔になる。

「ならばなぜ？」

そう問いかける。皮肉の一つも吐《は》くこともない。純粋《じゅんすい》な問いかけ。

なぜ自分を殺さなかった？と。

「憎しみで、お前の人生を終わらせることなど簡単だ」

オスカーの剣先が、今度は迷うことなくアルマンの右肩《みぎかた》に吸い込まれる。

からからとアルマンの手から落ちた剣が床に転がる。痛みにうめき、傷ついた肩を押さえたアルマンをオスカーは見つめ。

「だが、お前が犯《おか》した罪は私に対するものだけではない。他《ほか》の全《すべ》ての……なによりお前が生まれたこのアキテーヌに対して罪を犯した。

お前に裁きを言い渡《わた》すのは、この私ではなく、アキテーヌでなければならない」

「僕を法廷《ほうてい》に引き出すと？」

「そうだ。お前はこの国に、いやこの国の人々に謝罪するべきだ」

「冗談《じょうだん》ではない！」

アルマンが素早《すばや》く床に転がっていた短銃を拾い上げる。オスカーにそれを向け立ち上がる。

「この僕を裁くのは誰《だれ》でもない、僕だ」

「オスカー!」とセシルが前に飛び出そうとするが、それをオスカーが手をあげて阻む。

アルマンに向き直り。

「そんな震《ふる》えている腕で、この私が正確に撃《う》てるのか?」

銃を持つ手は、たしかに利《き》き腕の右手ではなく、左手。それも、オスカーの言葉どおり小刻みに震えてる。

「心配はないよ。左手でも銃を撃つ練習はしてあるからね。君の心臓ぐらいは捕《と》らえられる」

「なら、撃つがいい。

だが、ここで私を殺したとしても、お前にもすぐ死は待っているぞ」

オスカーの背後ではエーベルハイトの兵士が銃を構えていた。確かに、ここでアルマンが撃てば、それをきっかけに彼らは攻撃《こうげき》をするだろう。

「そして死んだお前に残るのは〝卑怯者〟という名前だけだ」

その言葉にアルマンの顔が歪《ゆが》む。

次の瞬間、彼がその銃口を向けたのは、オスカーではなく、縛られているマルガリーテ。

「動くな! 動くとこの子供の命はないぞ!」

そう叫《さけ》び、オスカー達をとっさに動けなくすると、自分は素早く後ろの扉《とびら》の向こうへと消える。

「姫様《ひめさま》！」

ファーンが一目散に、椅子《いす》に縛《しば》られているマルガリーテに駆《か》け寄り、その縛《いまし》めを解く。

縄《なわ》を解かれ、猿ぐつわを解かれたマルガリーテはまず一言。

「遅《おそ》い！」

「申し訳ありません、姫様」

素直《すなお》にファーンがあやまる。

「いつ助けが来るかと待ちくたびれたぞ！　わたくしは危《あや》うく、生まれてもいないアルビオンの王子と婚約《こんやく》させられる……」

気を張っていったのはそこまでで、やはり怖《こわ》かったのだろう。ぽろぽろと子供らしくふっくらとした頬《ほお》に涙《なみだ》が伝う。

「姫様」

「ファン！　ファン！」

名を呼びその胸にしがみついて泣きじゃくる。

よかったと微笑むセシルの横で、オスカーがエーベルハイトの兵士の報告を聞いている。

アルマンのあとを追っていった兵士の一人だが、すぐ戻《もど》ってきたのだ。

「扉が開かない？」

「はい。この奥の部屋の扉なのですが」

数人がかりで体当たりしてもびくともしないと言う。

「わかった。それ以上は外側から開こうとしても無駄《むだ》だろう。皆《みな》を呼んで来てくれ」

「はっ！」

短く兵士が応《こた》え戻っていく。

「オスカーいいの？」

『あの男のあとを追いかけなくて……』というセシルの言外の言葉を読み取ったオスカーが「心配ない」と応える。

「あの男にはもう逃《に》げ場などない。あの声が聞こえるだろう？」

オスカーが言うのは、こんな宮殿《きゅうでん》の奥にいてもかすかに聞こえるざわめき。おそらくは、市民が導き入れたアキテーヌ軍とともに、この宮殿に到達《とうたつ》したのだろう。

「それに、あの男の行く場所はわかっている」

⚜

王の寝室《しんしつ》の扉を固く閉《と》ざし、あとから追いかけてきたエーベルハイトの兵士達を足止めする。

こんなところまで攻《せ》め込まれたらおしまいだとおもうが、しかし、そこは王の宮殿。最後の砦《とりで》とばかり寝室の扉は斧《おの》などでは破れないほど堅く、また内側から鍵《かぎ》を掛《か》けてしまえば、外からはけして開けられないような仕掛《しか》けになっている。

どんどんと扉を破ろうとする音。それに急《せ》かされるようにして、アルマンは鏡の裏に施《ほどこ》された隠《かく》し扉を開く。

その奥にある狭《せま》い螺《ら》旋《せん》階段を降りれば、今はサロンとして使われている小部屋へと出ることが出来た。

ギョーム二世の時代。ここはお気に入りの愛妾《あいしょう》の部屋として使われ、毎夜王が通ったのだ。

オスカーの母親も一時期はここに住んだことがあったのだろうか？　そんな馬鹿《ばか》なことを、こんなときに思いつき、アルマンは苦笑《くしょう》した。

オペラ座の名も無き踊《おど》り子だった自分の母は、この宮殿に上がることもなく、自分を産んで、死んだのだ。

今となっては、実のところ自分の父親がギョーム二世だったのか、三世だったのか、どうでもいいことのように思える。

王の血を引く子供、血統、玉座……それにこだわり、親友を裏切り、仕える国を、主《あるじ》を次々と変えて、追求した野望の果てになにがあったのか。

アルマンの足は自然にそこからある部屋に向かっていた。

王宮の外に今さら出たとて、どこにも逃げ場所などないだろう。

彼の耳にも、王宮を取り囲み「アキテーヌ万歳《ばんざい》！」と叫ぶ、市民の声が聞こえていた。

ああ、あの時、そのままだ。

オスカーが市民達を王宮に導き、偽《いつわ》りの王であるコンティ王子を退けて、ルネを王にした。

彼は、あの日、小さな王の頭上に自らその王冠《おうかん》を授《さず》けたのだ。

扉を開けば、そこはその舞台《ぶたい》となった玉座の間だった。

部屋にはいったとたん、くらりと目眩《めまい》がした。逃げるのに夢中で今まで痛みを感じなかった肩《かた》が突然《とつぜん》熱を持ったようにうずき痛み、そこを思わず押さえる。

ふらつく足取りのまま、大広間を横切り、そしてアルマンは、なぜかバルコニーへの扉を開けた。

戴冠式《たいかんしき》を終えた王は、ここからアンジェの市民にその姿を披露《ひろう》するのだ。

あのときのルネも例外ではなく、王宮の広場に詰《つ》めかけた市民達に、頭上に王冠を載《の》せた、その姿を見せた。

誰も彼もが、彼の戴冠を喜び、そしてその横に佇《たたず》む黒衣の宰相《さいしょう》、幼い君主を玉座に就《つ》けた彼を讃《たた》えた。

だが、自分は……。

アルマンがバルコニーへと出ると、やはり眼下の広場は市民達で埋《う》め尽《つ》くされていた。

そして王宮の門を潜《くぐ》る、白馬に乗ったルネの姿も。

「あ！　あのバルコニーにいるのは黒鷲卿《くろわしきょう》だぞ！」

どこかで、アルビオンの皇太子の横に常に影《かげ》のようにいる男の姿を見知っていたのだろう。

市民の一人が指さして叫んだ。

「あれがリシュモン伯爵《はくしゃく》だ！　モンフォール公を裏切った！」

戦勝広場でのセシルの言葉を覚えていたものが叫ぶ。

「裏切り者だ！」「売国奴《ばいこくど》だ！」そんな言葉が市民達の間に広がり、口々に人々がアルマンに対し、非難の言葉を叫ぶ。

これが野望の行き着く果てに得たものなのかと、拳《こぶし》を振《ふ》り上げる人々をアルマンはどこか、遠くを眺《なが》めるような目で見つめる。

興奮した人々の中には、言葉で非難するだけではなく、アルマンに向かい銃を撃つものがいた。アルビオンの兵士から奪《うば》ったものだろう。

ばらばらと、まるで雨が屋根を打つような音が断続的に響《ひび》く。

しかし、訓練を受けていない市民の、しかも三階のバルコニーにいるアルマンにそれが当たるはずもない。

逆に広場にいる人々に当たっては大変と、アキテーヌの兵士達がその市民を取り押さえているのが、アルマンの目に見えた。

当たるはずがない。

そう思っていた。

だが、遅《おく》れたような一発の銃声。ぱんという乾《かわ》いた音とともに、アルマンの左胸に灼熱《しゃくねつ》の感覚が走った。

痛みは感じない。ただ、そのときは呆然《ぼうぜん》と自分の左胸に広がるシミを見つめていた。

頬に傷を負ってから、彼の親友を真似《まね》たかのように黒ずくめの格好をしていた。だから、その血の色は見えず、ただ、その黒よりもなお濃《こ》い闇《やみ》が広がっていくのを見つめ、そして。

よろめき後ろの扉に寄りかかり、その身体《からだ》の重みで開くようにして、玉座の間へと再び入る。

いや、入るというより倒《たお》れ転げるように、床《ゆか》に身体を投げ出して。

「僕は……死ぬのか？」

呼吸が苦しい。ごほ……っ……と咳《せき》をすれば、口に血の味が広がる。

仰向《あおむ》けに倒れた、これはこれで良いと諦《あきら》め目を閉じようとした、その端《はし》に黄金の椅子《いす》が映った。

目を見開き、そしてそれを見つめる。

「黄金の……玉座……」

それが自分の向かうべき道だと思った。

あの日、親友が小さな王の頭上に王冠を載せたその日から。

同じ王の子として、その秘密を抱《かか》えるものとして、彼にとって代わろうと。

「僕の玉座……」

そこに向かい手を伸《の》ばし、そしてうつぶせになり這《は》いずる。這いずりながら、手を伸ばす。

もう、すでに視界はかすんでいた。歩けば、十歩ほどの距離《きょり》にあるはずのその椅子が、果てしなく遠く感じる。

アルマンは玉座の椅子がある、その階《きざはし》の最下段で力尽《ちからつ》きた。これ以上、自分の身体を高みには引き上げることは出来ないと、あの椅子には近づくことは出来ないと覚《さと》る。

「……僕の……」

彼はその椅子に向かい精一杯《せいいっぱい》手を伸ばした。
そのとき見えたのは、あのときの光景の幻《まぼろし》。
市民達に囲まれるアキテーヌの英雄《えいゆう》……オスカー。
そして、英雄の手から王冠を授けられるルネ。
その姿は、けして自分ではない。
「……こんなときまで……君は僕を阻《はば》むのか」
もし、自分が正統な王の子であったなら。
オスカーの手から王冠を授けられたのはルネではなく、自分だったのかもしれない。
そんな馬鹿なことを思う。
だが、目の前の幻は、やはりアルマンの姿ではなくルネで。
——夢も見せてはくれないのだね……。
震《ふる》えるその手は何かをつかむように広げられ、握《にぎ》りしめようとし……。
そして力尽きて落ちた。

玉座の間の扉《とびら》が開け放たれ、セシルはオスカーとともにその中に踏《ふ》み込み、そして息を呑《の》んで足を止める。

黄金の椅子がある階、その一番下に彼が倒れていた。

薄《うす》い茶色の髪《かみ》に、ハロルド・ネヴィルと名を変えてから好んでするようになった、黒ずくめの格好。間違《まちが》いようもない。

彼が生きているのか、死んでいるのか？

あとから続いてやってきたエーベルハイトの兵士達も、誰《だれ》も近づけない中、オスカーが歩み寄る。

セシルもオスカーのあとに続く。しかし、アルマンが倒れているその二、三歩手前で立ち止まった。

なぜか、彼に近づくのがためらわれたのだ。正確には、彼とオスカーにと言うべきだろうか？

オスカーはアルマンの倒れるその傍《かたわ》らに膝《ひざ》を突《つ》き、手を伸ばし、首の脈を確かめている。

しばらくの沈黙《ちんもく》のあと、オスカーがセシルを見つめ静かに告げる。

「死んでいる」

開け放たれたバルコニーからは「アキテーヌ万歳！」「王様万歳！」と市民達の歓呼《かんこ》の声が聞こえ続けていた。

10

遠ざかるベスザの港。

ヴァンダリスは、海風にそのたてがみのような金の髪をなびかせながら、船上から小さくなっていく港を見つめていた。

「陛下、こんなところにおられましたか？」

声をかけられ振り返る。

ラルセンの提督《ていとく》の制服の片袖《かたそで》が、風になびいているのをヴァンダリスは一瞬《いっしゅん》辛《つら》そうに見、そして口を開く。

「結局、なにも得ることは出来なかったな」

アンジェから大半の兵を無傷で引き上げることが出来たために、大敗北とはいたらなかったが……。

戦後の処理を話し合うために、バルナークでもたれた会議。ルーシーの特使を仲介役《ちゅうかいやく》として当事者であるアキテーヌ、アルビオンはもちろん、大陸各国から大使が派遣《はけん》された。

しかし、どう考えてもルーシーはアキテーヌの味方。そして、一度アルビオンにアンジェを占領《せんりょう》されたとはいえ、退けたアキテーヌの優位は明らかだ。

今回の戦《いくさ》で日和見《ひよりみ》を決め込んだ他の国々も、復活した黒衣の宰相の報復が怖《こわ》いらしく、ことごとくアキテーヌの味方となり……。

アルビオンは、アキテーヌからの撤退《てったい》はもちろんであるが、バルナークの放棄《ほうき》まで、アキテーヌと停戦する条件として呑まざるをえなかったのだ。

今回一番命拾いをしたのは、占領のあいだ幽閉《ゆうへい》されていたバルナークの大公だろう。とはいえ、今回の侵攻《しんこう》で国の防衛が脆弱《ぜいじゃく》であることが露呈《ろてい》した以上、ますますアキテーヌに頼《たよ》り、その属国化するのは、免《まぬか》れないだろう。

「今回、アルビオンにとっては失ったもののほうが大きい。立て直すのは大変だろう」

ヴァンダリスは風にはためくラルセンの袖を再び見つめ、そして呟《つぶや》いた。

「父上のこともある」

「帰ったら、ご葬儀《そうぎ》ですな」

「ああ」

「その次に、陛下の戴冠式《たいかんしき》です」

「それは喪《も》があけてからだな」

コーフィンの死は、ヴァンダリスにとって少なからず衝撃《しょうげき》であった。もちろん、彼が生きたまま自分と会うようなことになれば、様々な問題が起こっただろう。強引《ごういん》に玉座から退けさせれば、父親から王冠を奪った皇太子として、アルビオン史に汚名《おめい》を残したかもしれない。

それでも、やはり生きていて欲しかったというのがヴァンダリスの気持ちだ。

コーフィンの棺《ひつぎ》は、アンジェ王宮の地下墓地から掘《ほ》り起こされ、ヴァンダリスの乗る船に運ばれた。アルビオンに着けば、ラルセンの言葉どおりまず葬式ということになろう。

エミリアだが……驚《おどろ》いたことに、彼女の妊娠《にんしん》は偽《いつわ》りだった。

アンジェの宮殿《きゅうでん》で捕《と》らえられた彼女はバルナークに送られ、ヴァンダリスの前に引き出された。

そこで、自分が身ごもっていると思われていては、殺されると感じたのだろう。問いかける前から、自分の妊娠は偽りで、ハロルド・ネヴィルことアルマンの指示だったと、話したのだ。

しかし、そのような見え透《す》いた嘘《うそ》、数ヶ月はごまかすことが出来るが、一年も保《も》たないだろう。愚《おろ》かな女としか言い様がないが、しかし、彼女もまたアルマンに操《あやつ》られた被害者《ひがいしゃ》ともいえる。

結局、エミリアはアルビオンに着けば尼僧院《にそういん》へ幽閉ということで処分が決まった。

「だが、良い勉強にはなられたはずだ」

そういうラルセンに、ヴァンダリスは「そうだな」と微笑《ほほえ》み、遠ざかる街をもう一度見た。

「また戻《もど》ってくるさ」


マリーがサロンに入ってきたとき、そのあまりに変わった印象に、セシルは目を見開いた。

身にまとっているのが、豪奢《ごうしゃ》なドレスや宝石ではなく、質素な尼僧の黒い衣《ころも》であることもあるだろう。しかし、それよりもなによりも……。

あの野心に燃えていた輝《かがや》くような覇気《はき》がまったくなくなっている。周囲を圧倒《あっとう》し、その向けられる妬心《としん》さえも、受けて咲《さ》き誇《ほこ》る深紅《しんく》の薔薇《ばら》のような。

それでいて、生気や気概《きがい》が無くなったわけではない。全《すべ》てをそぎ落としたあとに残る、潔《いさぎよ》い強さのようなものが、セシルを真っ直《す》ぐ見据《みす》えた目に宿る。

「お久しぶりですね、レネット。元気にしていましたか？」

「ええ、お母様もお変わりなく」

今のセシルは、モンフォール公妃《こうひ》として、ファーレンにあるこの尼僧院を訪ねているのだった。

貴族や裕福《ゆうふく》なブルジョアの子女の花嫁修業《はなよめしゅぎょう》のための尼僧院とは違《ちが》い、マリーが入れられたここは、真に修行の場として建てられたものである。

その環境《かんきょう》も過酷《かこく》で、バウムーゼの深い森の奥。標高は低いが馬車で行くことさえ出来ない、険しい道のりの山の上に尼僧院は建てられていた。当然のように男子禁制で、面会のためのサロンに足を踏《ふ》み入れることさえ許されていない。

娘《むすめ》であるセシルの申し入れさえも、ヴィストの新皇帝《こうてい》に手を回し、皇太后マティルデの口添《くちぞ》えがあって、やっと許されたものだった。

表向きの理由は、マリーはすでに俗界《ぞっかい》の関《かか》わりを全て捨てた尼僧の身。たとえ娘であっても、その修行途中《とちゅう》であるだけに、会うことで修行の道が揺《ゆ》らぐというものだったのだが……。

「アキテーヌのほうはもう落ち着きましたか？」

「ええ。アンジェの街もようやく普段《ふだん》の生活に戻りました。王宮のほうも元通りに」

「それはよかった。バルナークのほうも……」

「そちらもアルビオンの新陛下がお国に帰られ、元通り大公殿下が治められていますわ」

二人の会話に、咳払《せきばら》いの音が割ってはいる。

マリーの後から入ってきた尼僧が発したものだった。彼女は二人が向かい合う場所から、少し離《はな》れた椅子《いす》に座り、じっとこちらを見ている。

監視《かんし》しているのだ。今の咳払いも、政治的な話はするなという警告だろう。

公式愛妾《あいしょう》だったマリーは、己《おのれ》の権勢欲と愛人であったヴェルナー皇帝の無能から、あまりにも政《まつりごと》に関わり過ぎた。そして国の秘密を知りすぎたのだ。

ヴェルナーがあのような形で死亡し、愛妾として用無しだからと、ファーレンはマリーを放《ほう》逐《ちく》するわけにはいかず、そしてこの尼僧院に幽閉した。

マリーの後ろにいる尼僧は、いまでも母親が強力な監視下にあることを、セシルに知らせていた。

監視役の尼僧の警告に従ったわけではないが、とりとめもない話をしばらく交《か》わしたあと、セシルはその延長のようにマリーに問いかけた。

「ところで、お母様。ここでのお暮らしにご不自由はありませんか？」

「いいえ、皆様《みなさま》とってもよくしてくださるわ」

しらりとマリーは応《こた》え、セシルは思わず吹《ふ》き出しそうになるのをこらえなければならなかった。

あんな尼僧を監視役につけられて〝とっても良くしてくれる〟もないものだ。逆に嫌《いや》みにもとられかねない。

やはりマリーはマリーだと内心思いながら、さらに訊《たず》ねる。

「ですが、ここは冬はとても雪深く寒いとお聞きしましたわ。お母様は昔からとてもお寒いのが苦手でしたでしょ？　冬のあいだだけでも、アキテーヌにある私の夫の領地にお招きしたいですわ。そちらも雪が降りますけど、こちらに比べればまだまだ暖かいでしょうから」

セシルの言葉に、監視役の尼僧はぴくぴくとその聞き耳を立てている耳を動かしそうな勢いで、こちらを見ている。

ようするに自分のいるアキテーヌに亡命しろと勧《すす》めているようなものだ。

もちろん、マリーがアキテーヌに渡《わた》るなどと言い出せば、ファーレン側としては知られたくない機密が知られると、反対するだろう。

しかし、先の戦で悪化しているアキテーヌとの仲も考えなければならない。なにより、マリーの娘婿《むすめむこ》であるオスカーの機嫌《きげん》を取り結ばねばならないとファーレンは考えるだろう。

落としどころとしては、マリーをアキテーヌ以外の第三国。たとえばシュヴィッツなどに、隠《いん》棲《せい》させるという案だろう。

当然、そこにもアキテーヌや他国からの接触《せっしょく》を監視するファーレンの目がつくだろうが、しかし、このような尼僧院にいるよりはずっと快適で、自由なはずだ。

マリーはこの申し出を快く受けるはずだとセシルは思い込んでいた。

しかし。

「ありがたい話ですが、今のわたくしは神に仕える身。この尼僧院から動くことは出来ません」

「お母様？　それは本気でおっしゃっていますの？」

セシルは後ろにいる監視役の尼僧に一瞬《いっしゅん》視線を送った。

まさか、自分と面会する前に、アキテーヌに亡命するような話を持ちかけられるかもしれないが、断るようにと脅《おど》されたのか？と思ったのだ。

そのセシルの考えが分かったのだろう。マリーは微笑み。

「セシル、わたくしは別に後ろの方に遠慮《えんりょ》して、申しているのではありませんよ。自分の意志で断っているのです」

〝後ろの方〟と言われて尼僧は目を剝《む》いているが、しかし、マリーは本当に彼女を恐《おそ》れていないようだ。セシルに向かってなおも言う。

「だいたい、亡命するのなら、あなたがここに助けにくるまえに、とっくの昔に……たとえば、陛下が身罷《みまか》られてすぐに、ありったけの宝石を抱《かか》えてシュヴィッツなりどこなりに、脱出《だっしゅつ》しているでしょう」

「マリー！　敬虔《けいけん》なる神に仕える身として、今の言葉は不適切です。あとで懺悔《ざんげ》室に籠《こ》もることを命じますよ！」

とうとう耐《た》えきれなくなったのか、監視役の尼僧が椅子から立ち上がり強い口調で、マリーに命ずる。

しかし、マリーはかつての女皇帝と呼ばれた時代を彷彿《ほうふつ》とさせる、物怖《ものお》じしない堂々とした態度で、その尼僧を見。

「これは失礼しました、スアナヒルト様。

ですが、わたくしは神に対して冒瀆《ぼうとく》の言葉を吐《は》いたわけではありません。むしろ、ここに従順と純潔を示すために申し述べたのですわ。

わたくしがこの国を捨てなかったわけは、わたくしがファーレン人だからですわ。わたくしはこの国を誇りに思い、そしてこの国そのものである方にお仕えしていました。

そうです。ヴェルナー三世陛下です。あの方に、私は全てを捧《ささ》げておりました。献身《けんしん》も、情熱も、愛も……。

その方が亡《な》くなられたからといって、この国を捨ててシュヴィッツに、アキテーヌに逃《のが》れてなんになりましょう？　あの方は天に召《め》されてこの国そのものに、この国の大地に、空に、いいえ、神そのものになられたのですわ。

だとしたら、陛下を失ったわたくしが次にお仕えするのは、その神ではありませんか？　その帰依《きえ》を、神を捨てて、どうしてこのファーレンを離れられましょう。

わたくしはなにより自分がファーレン人であることを誇りに思い、神に仕えることを誇りに思う、一人の女なのです」

そしてセシルに向き直りマリーは言った。

「ここでお別れですね、セシル。

もう二度と会うことはないでしょう」

♰

「……そう彼女は言ったのか？」

「うん。母さんが、あんな風に答えるなんて意外だったな」

白の館《やかた》の中庭。

暖かな午後の日差しが差し込む緑の庭園には、いつもの元気な姫《ひめ》と賢《かしこ》い王の姿は無く、公爵《こうしゃく》夫妻の姿だけがあった。

二人、向かい合いオスカーは珈琲《コーヒー》をセシルはシュザンナの煎《い》れてくれたショコラを飲む。

久々にもつことが出来た、二人きりの穏《おだ》やかな時間だった。

「正直ね……こちらの亡命の話に、二つ返事で乗ってくると思ったものだから、あんな覚悟《かくご》を聞かされて、こっちのほうが恥《は》ずかしかったよ」

セシルが思っていたよりも、彼女はファーレンをそして死んだヴェルナーを愛していたのだろう。

あのサロンからセシルが退出するとき、マリーはぽつりと言った。

『わたくしは思うがままのことをしました。だからいいのです』

裕福なブルジョアの出身とはいえ、一市民から皇帝《こうてい》の公式愛妾として宮殿《きゆうでん》に迎《むか》え入れられ、そしていつしか女皇帝と呼ばれ、思うがままに国を動かした。

しかし、皇帝の愛を失うことがあれば、愛妾に待つ運命は失脚《しつきやく》と破滅《はめつ》だ。

マリーはヴェルナーの生前から、己に待ち受ける運命を覚悟していたのか、それとも……。

『それでもわたくしはこの国で生きていきます。

あなたは、あなたの愛する人のそばで生きていきなさい』

そう最後に言った。

愛する人の国で死にたい……そんな風にマリーが感傷的だとはセシルは思わないが、しかし、たとえ幽閉《ゆうへい》の身となろうと、自分の生まれ育った国で生きていこうとする、その母親の気持ちのようなものは理解できるような気がした。

「ファーレン人として、ファーレンで死ぬか……」

オスカーがぽつりと呟《つぶや》く。

そよ風に揺《ゆ》れる庭の木々を見る。珍《めずら》しく物思いに耽《ふけ》るその瞳《ひとみ》が誰《だれ》のことを考えているのか、セシルには分かっていた。

この国で生まれながら、祖国を裏切り、そして名を変え別の人間となって……そうして、再びこの国を手中に収めようとした男。

だが、結局、彼はこの国に戻《もど》り、そしてこの国で死んだ。

アルマンの遺体は、秘密裏《ひみつり》に運ばれリシュモン伯爵家《はくしゃく》の墓地に埋葬《まいそう》された。

リシュモン家は彼の代で断絶となったわけだが……しかしそれさえも彼にとっては偽《いつわ》りの身分であったのだ。王の子として生まれながら、その事実は隠《かく》され伯爵家の跡取《あとと》りとされた。

そして、その伯爵家の墓に埋葬されたのだ。結局最後まで、彼は与《あた》えられた偽りの仮面から抜《ぬ》け出せなかったことになる。

ふと、セシルは自分も彼と同じような者かもしれないと思う。

男ということを隠し、妹の名でこのアキテーヌに嫁《か》し、そして彼の妻となった。

マリーの娘《むすめ》。ファーレン皇帝の皇女。そしてアキテーヌのモンフォール公妃《こうひ》。

だが、その仮面を被《かぶ》り続けることはけして苦痛ではない。

なぜなら……。

「俺はファーレンで生まれた。十五であの国を、いや母さんから与えられるはずだった未来の全《すべ》てを捨てたけど、だが、あの国が故郷であることは変わりないと思う。

だけど……俺はこの国で生きていくよ。陛下やマルガリーテ姫や、あなたのそばでずっと……

…」

生きていけたなら……。

そうテーブルの向こうにいるオスカーを見つめれば、彼は立ち上がりセシルのそばへと来る。

その白い手を取り、口づける。

「未来《さき》のことなどわからないがな。だが、一つだけ言えることは、ずっとこの手を放すことはないということだ」

たしかにここ数ヶ月のあいだで起こったことは、大陸の歴史に残るような激動の事件であったのだ。ルーシー皇帝の崩御《ほうぎょ》につづいてナセルダランの侵攻《しんこう》、そしてアルビオンのアキテーヌ侵略。それに絡《から》むように、ファーレンの皇帝とアルビオンの王が死んだ。

その全てに絡んでいた男の存在は、表の歴史に名を残すことなく封印《ふういん》されることになるだろう。

だが、どのように国が動き、歴史が動こうとも一つだけかわらないことは……。

「俺もだよ、ずっとあなたのそばにいる」

二つの唇《くちびる》が重なる。

オスカーと抱《だ》き合いながら、セシルはあのときの、あのファーレンのオペラ座の観客の華《はな》やかな歓声《かんせい》が聞こえたような気がした。

名宰相《さいしょう》とその夫人は、その後も王を支え、長らくアキテーヌは繁栄《はんえい》することになったという。

あとがき

こんにちは、志麻友紀です。

ローゼンの最終巻ということで、色々出だしを考えたんですが、結局平凡《へいぼん》な言葉で通すことにしました。色々感慨《かんがい》深いものがあるのですが、しかしうまく言葉にならないのも事実ですね。文字を操《あやつ》る者としてどうかとも思いますけど、なにかが終わるときとはこんな風に淡々《たんたん》としたものかもしれません。

ただし、ローゼンの本編は淡々と終わるというわけにはいきませんでした。やはりこの物語は華々《はなばな》しく始まり、華々しく終わるのが宿命のようですね。

さてここからはネタバレになります。読んで後悔《こうかい》したくない方は、本編を読んでからにしてくださいね。

とうとう、アルマンがお亡《な》くなりになりました。もう彼が生き返ることはないでしょう。

ローゼンがシリーズとなったとき、彼が死ぬときがこのお話の終わりだな、となんとなく思っていました。その予感が当たってこうなっているわけです。最終巻近くなり、どうしたら彼らしい〝死に方〟なのだろうかと、あれこれ考えたのですが、読んだ方にはおわかりになると思いますけど、これが私の答えです。

策略を巡《めぐ》らせ、人を駒《こま》のように操り……しかしその実、一番運命に翻弄《ほんろう》されていたのは、彼だったような気もしますね。

それからマリー。やはり彼女の運命も、この話を書き続ける限りは、こうなるだろう。いや、こうしなければならないだろう、と思っていました。栄華《えいが》を極《きわ》めればいつかは凋落《ちょうらく》のときが来る。その象徴《しょうちょう》として。

しかし、どんな境遇《きょうぐう》であっても、彼女が強い女性であることは、変わらないと思います。

さて、最終巻に寄せて、各キャラクターに作者から一言。

セシルとオスカー。物語がめでたしめでたしで終わっても、彼らの日々は続いていきますし、セシルの冒険《ぼうけん》も、そしてオスカーの頭痛の種も（笑）増え続けていくと思います。本当に「仮面の貴婦人」の頃《ころ》のいがみ合いが嘘《うそ》のような仲の良さに、作者自身も時々当てられていました。二人が愛し合っているかぎりは、どんな困難も乗り越《こ》えていくでしょう。この先、ずっと。

ルネは、よくぞここまで成長した！という感じですね。とくにカレリヤンブルクあたりから、どこまで知ってるの？という疑惑《ぎわく》がむくむくと。いや、エーベルハイトからすでにそれはありますね。小さな王様がお気に入りの公妃《こうひ》の秘密を知ってるか否《いな》かは、物語の終了《しゅうりょう》と共に永遠の謎《なぞ》ということで（笑）。

それから、マルガリーテ。元気なお姫《ひめ》様は私も書いてて楽しかったです。ルネとの将来は未定としておきましょうか。ですが、きっと彼女は立派な大公女となって、エーベルハイトを良く治めたと思います。ファンにサラ、それに傭兵《ようへい》達もいますしね。

ピネにシュザンナ。ピネは作者の一番のお気に入りでありながら、最後の最後で大けがさせてごめんなさい。シュザンナさんもさぞ心配だったでしょう。書けませんでしたが、二人は幸せになりました（断言）。

ファルザードは……今頃どうしているのでしょうか？　願わくば、彼も幸せになることを祈《いの》って。それにヴァンも、まだ大陸への野望は諦《あきら》めていないようですね。

華麗《かれい》な挿絵《さしえ》をつけてくださった、さいとうちほ先生には本当に感謝しています。初めて「仮面の貴婦人」の表紙を見たときの感激を忘れられません。

オフィシャルサイトあります。サイト名は「ぐれ～す」。アドレスは「http://www.simasima.com/grace/」となっております。新刊・既刊《きかん》案内や近況《きんきょう》など公開しています。

では、最後までこの物語につきあって頂いた、読者の皆様《みなさま》に感謝して。

志　麻　友　紀

「ローゼンクロイツ　永遠なる王都」の感想をお寄せください。
おたよりのあて先
〒102-8078　東京都千代田区富士見2-13-3
角川書店アニメ・コミック事業部ビーンズ文庫編集部気付
「志麻友紀」先生・「さいとうちほ」先生
また、編集部へのご意見ご希望は、同じ住所で「ビーンズ文庫編集部」
までお寄せください。

ローゼンクロイツ
永遠《えいえん》なる王都《アンジェ》
志麻友紀《しまゆき》

角川ビーンズ文庫　BB3-12　13415

平成16年7月1日　初版発行

発行者――井上伸一郎
発行所――株式会社角川書店
東京都千代田区富士見2-13-3
電話／編集（03）3238-8506
営業（03）3238-8521
〒102-8177　振替00130-9-195208
印刷所――暁印刷　製本所――コオトブックライン
装幀者――micro fish

ISBN4-04-445112-5 C0193 定価はカバーに明記してあります。

志麻友紀の大人気シリーズ!!
ローゼンクロイツ
華麗なる新世紀グランドロマン!!
男でありながら性別を隠し、隣国の宰相オスカーに嫁いだセシルの運命は——!?
ローゼンクロイツ
仮面の貴婦人
ローゼンクロイツ
アルビオンの騎士（前・後編）
ローゼンクロイツ
エーベルハイトの公女
ローゼンクロイツ
黄金の都のスルタン
ローゼンクロイツ
蒼き迷宮のスルタン
ローゼンクロイツ
緋色の枢機卿
ローゼンクロイツ
カレリヤンブルクの冬宮
ローゼンクロイツ
ナセルダランの嵐
ローゼンクロイツ
黒鷲卿の陰謀
ローゼンクロイツ
永遠なる王都《アンジェ》
ローゼンクロイツ・プレザン
4つ《キャトル》の変奏曲《ヴァリアシオン》
志麻友紀
イラスト さいとうちほ

流 星香
Seika Nagare Presents
イラスト 東夷南天
虹色の水竜
リストワール・デ・メルゼス
指令！
オパールの水竜を、
沈没船から奪取せよ！
おっとり型の若き天才鉱物学教授チェンと、兄貴分の魔法使いパーク。そんな二人の前に、彼らの悲願・沈没船引き上げ作業の助手として、マリスという美女が現れる。だが実は彼女は財宝泥棒で……!?
どこから読んでも、面白い！
リストワール シリーズの
好評既刊
「リストワール・デ・メルゼス 魔石の宝冠」
「リストワール・デ・メルゼス 紅翼の騎士」
（イラスト／東夷南天）

●角川ビーンズ文庫●